JN103223

侏儒のつぶやき

—戦後レジームの中で—

竹内 節
TAKEUCHI Takashi

文芸社

はじめに

私は、先の戦争中に少年期を過ごし、戦時統制、敗戦、貧困、復興、経済成長そして停滞を、身をもって体験した世代である。

私が小学校六年生であった昭和二四（一九四九）年に、善光寺御開帳に合わせて長野市で「長野平和博覧会」が開催された。会場の中央に、大きなパビリオンの「アメリカ文化館」があったこと、広い会場のあちこちで当時流行していた「青い山脈」が大音量で流れていたことを覚えている。また、「テレビジョン館」では、人だかりの中で、舞台上での演技が近くに設置されていたテレビ受像機に映し出されているのを見た。これがいずれ一般家庭でも見られるようになると言われたが、実感として受け止められなかった。これが今のように生活に大きな影響力を持つものになることなど思い付くべくもなかった。

約三五年におよぶ長い勤務生活を終えてからも約二〇年になるが、いろいろと考えさせられることがあった。世間がいつも騒がしく、落ち着きが欲しいと感じることがあって所感を書き綴ったこともあった。それぞれの専門分野でもないところに、口出しすることにはいささか抵抗があったが、本書はその間に書き留めてきたものの中でも、比較的最近のものを纏めたものである。

日常のなかで、当たり前と思っていることで見過ごしているが、少し考えてみるとおかしなことがいろいろある。思い当たったその時、だらだらとその違和感を引きずっているのではなく、何か改善へ向かわせるということはできないかと思うことがある。

われわれは毎日、テレビから多くの情報を得ている。そして、一般にそこから得た情報の中から最も納得できることが自分の意見になる。物事は極めて多くの事柄の集積体であって、全体を過不足なく説明することは容易ではない。テレビからの情報の特徴は一定の限られた時間のなかで結論めいたことを言うことである。これは偏りがちになることは避けられない。

人の関心をひくため、重要なことよりも珍しいことを優先する。大人が見る番組にも子どもじみた動作がどんどん増えている。ニュース番組にプラスチック製の箱を積み、くどい説明をする。言葉の説明で十分である。

何かにつけて大げさなキャラクターやぬいぐるみを使うことも安易過ぎないだろうか。大人と子どもの区別、報道番組とバラエティー番組の区別をあいまいにするのはよくない。かつて文科省が義務教育に、すべての生徒がついていけるようにと「ゆとり教育」を実施したが全体のレベルが下がってしまうことが分かって早々に取りやめとなった。

男女共同参画は世界的な流れであり、わが国でも少子化に伴う人手不足とも相俟ってどんどん進めるべきであるとされる。しかし、男女同権ありきで進めるのではなく、男性・女性は相互にその特性を生かして補い合うという考え方をしっかりと考慮して進めることが自然であると思う。X染色体、Y染色体がどうのこうのという難しい問題はともかくとして、ホルモンの分泌が異なるという決定的な違いがある。男性は体形、腕力、瞬発力は女性より大きい。女性は持続力があり、病気に対する抵抗力が男性より大きく寿命が長い。子どもを産んで育てるための生物学的な要請によるものである。男女同権ではあるが、どうしようもない違いがある。

起きた出来事を報道するに当たって、良いか悪いかのどちらかに決めて殊更に吹聴することが多い。社会や組織はそれを構成している一人ひとりが、それぞれの役割を果たすことで機能する。組織を動かすような立場の人には衆目が集まるが、それらの人の完全さを要求して、少しでも意に沿わないことがあると、大きく問題にされる。政治家の発言や書いたものの一部を切り取って、失言だ、取り消せ、などと騒いで時間を費やす。

大手メディアは頻繁に世論調査をするが、その結果は直近の報道の内容によって大きく変わる。これを「錦の御旗」にして自らの主張を重ね合わせるべきではないと思う。

一方、国のあり方に関わるような大切なことは、口をつぐんだまま、問題として取り上げない。安全保障はもとより経済、外交にいたるまで、常にアメリカに忖度してことを進めなければならない状況は不思議にさえ思える。とりあえず平和な今のままがよいと考えていても、わが国をとりまく周辺の状況が大きく変わってしまっている。

関心を持つべきことはいろいろあるが、例えば、国難といわれる少子化問題が真正面から議論されることは少ない。税制の大幅な改革が伴うことであるが、国会の予算委員会で取り上げられることはほとんどない。

また、東京の空も沖縄の空も、広大な空間がアメリカ軍に占領されている。これはわが国が戦後まだ占領されていたとき決められたことである。今でも全ての航空機はそこを避けて大回りしたり、低空飛行をして運航させられている。この実態をマスコミは取り上げようとしない。勘ぐれば、このようなことを問題にすると、これまで言ってきたことと矛盾してしまい、面倒で収拾がつかなくなることを恐れて、正面から立ち向かおうとしないのではとも感じられる。

些細なことに対する過剰な反応と、重大な物事に対する鈍感さは、個人にも社会にもしばしばみられる。同じ事象に対しても、人によって受け取り方は異なるが、妥協できるところがあれば直すことを心掛けたいものである。

どのような意見にも正しい面と疑問符がつく面がある。物事の善悪を決めつけるのではなく、さまざまな面から考えてみる大人の見方が大切であると思う。

本書は、前述のような問題点を考えながら書いたものも多いが、日常の生活のなかで考えたこと、突然起こったこと、興味深く感じたこと、健康問題など、思いつくままに綴ったものである。特別なテーマのもとに書いたものではないので、対象は多岐にわたっている。

物事を判断するに当たっては、大局的にみて公正であることが大切であるが、人の考えることは偏ることがあり、本書もその例外ではないと思う。読者諸賢が何か思いつかれるところがあれば、望外の幸せである。

目次

世相に直言 ………… 73

元スポーツマンの閑話 ………… 205

生き方のヒント

情報の扱い方

すべての情報は全体の一部である

われわれは、毎日さまざまな媒体を通して多くの情報に接している。これらの情報に踊らされずに、いかにうまく対処するかは案外大切なことである。

普段、テレビやインターネットなどを通して、同じような情報に繰り返して接していると、その真偽は別として、その情報が正確で間違いのないものだと受け止められる。それで問題はないことも多い。しかし、本当に正確で公平な内容を知るためには、手間暇をいとわず信頼性の高い情報を集めることが必要になることもある。受動的に得られる情報には正しくないものも結構多いのではないだろうか。誇張や偏りのあることも多々ある。

健康は全ての人の関心事であるから、報道でもしばしば取り上げられるが、これまで世間の常識といわれていたものが、いつの間にか変わってしまうこともしばしば経験する。

健康を保つため三度の食事をきちんと取り、栄養バランスを管理することが大切であるという専門家もいれば、カロリー数や栄養バランスの強迫観念からいろいろな物を食べ過ぎるのが健康に良くないという医者もいる。

テレビの特集番組で、コーヒーにはポリフェノールやカフェインなどの成分が多く含まれていて、毎日三杯以上飲むと老化防止、脳の活性化に効果があるなどと説明されると飲んでみようかなどと思う。しかし、それだけ飲むと、他の飲料、例えば、果実ジュースや緑茶を飲むことが少なくなるが、それが健康にどのように影響するか、しないのかの確証はなく、説明もされない。直射日光に当たることは皮膚のがん化や老化の原因になるとして、紫外線を目の敵のように言う皮膚科学者もいるが、日光浴は骨を丈夫にするためのビタミンDを体内でつくるため必要であるといって、日光浴を勧める外科医もいる。

今では忘れたように誰も話題にしないが、平成二九年、東京中央卸売市場の築地市場から豊洲への移転に当たって、豊洲市場の建屋の地下室に漏れ込んでいる水の中から基準値を超えるベンゼンや水銀などの有害物質が検出された。地下室のことであっても、健康上の安全や安心ができないとして毎日のように大きく報道され、移転取りやめの提案が出されるなどの騒ぎになった。

その最中に築地市場の地下の土壌から、ベンゼンや六価クロムなどが検出されていることが発表された。これをきっかけに報道は豊洲市場への移転も科学的・法的に安全であるとして移転を容認する論調に変わってしまった。その後、豊洲市場の建屋の地下室に漏れている水の水質問題はマスコミの間で取り上げられることはない。当事者の間では調査、検討されていると思うが、この水質問題はどうなっているのだろうか。

ある年の秋、日光の「竜頭の滝」で今紅葉がきれいに見られます、とテレビで報道されていた。その年は天候不順で八月の日照時間が著しく少なかったので、きれいな紅葉は見られないといわれていたが、奥日光は別なのだと思って行ってみた。ところが、テレビに映されていた一本のカエデは見事に紅葉していたが、周りの落葉樹は茶褐色であったり落葉していて、紅葉しているといわれるような木を見つけるのは容易ではなかった。

情報の加工

「木を見て森を見ず」という諺があるが、物事は著しく多くの要素の集合体でもあるから、報道される時はその一部を伝えることになる。

各テレビ局は、放送に当たって総務省から放送電波の周波数を割り当てられ、放送法によって「報道は事実をまげないですること」「意見が対立している問題については、出来るだけ多くの角度から論点を明らかにすること」などと制約を受けている。しかしながら、しばしば報道の内容が偏向していることが指摘され、問題となっている。

新聞は、日本新聞協会が定めた新聞倫理綱領により、「報道は正確かつ公正でなければならず、記者個人の立場や信条に左右されてはならない」とされている。しかしながら、各新聞社はかなり独自な主義主張を繰り返している。

このように理想論と現実の世界とは大きく異なる。情報の発信に際して、メディアはなんらかの意味付けを行うことを使命と考え、また、自身の利益目的のため一面的に報道することがある。メディアによる情報の発信・解説が知識を豊富にしたり、さまざまな問題の理解に役立っていることは誰もが認めるところである。ただ、その全ての情報について客観的・公正性を求めることは難しい。

ただ、視聴者は、事実を伝えられただけでは満足せず、その原因や裏話も知りたいという気持ちを持つから、それに応える役割がある。

情報への対処法

一般に人は初めて教わったこと、初めて知ったことが正しいこと、当然のことと思い込んで、その後から入ってくる情報を選別して自分の主義主張をつくっていく傾向がある。初めて得心したことも、元々は聞いたことであって自分で調べて考え出したものではないことが普通である。しかし、自分の思っていることこそ正しいと思い込む。メディアやその解説者も、多角的な情報源をもっているとはいいながら、あくまでも限られた情報を伝えているという点では個人と同じことである。

情報過多な今の時代には、これくらいの謙虚さが必要ではないだろうか。

同じ情報でも、それぞれの立場や過去の経験、思想信条が違うから、それに対する評価が違ってくる。例えば、貿易で関税が撤廃されれば有利になる人がいる一方で、不利になる人がいる。税制の改定に当たっては常に賛成、反対の意見が激しく戦わされる。人はしばしば論争をするが、正確で公正な情報に基づく十分な知識がなければ、いつまでも井戸端会議の域を出ないことになる。

公正な考えをまとめるためには、信頼性の高い情報を得ることが必須である。ただ、それも本当に客観的に公正であるというものは存在しないという前提に立たなければならない。情報の客観性、価値を正しく判断するための正確なモノサシはない。数学の世界では一つの正解があるが、ある事象に対しては、正解が一つでなく、その解釈は情報の見方によっていくつも存在する。

現在では従来の新聞、テレビ、雑誌など既存のメディアの問題点を大きく変える可能性をもつ、情報提供システムが実現している。

例えば、SNS（会員制交流サイト）で発信し、多くの賛同が得られれば、それが世論に反映される。また、インターネットで発信された情報は、世界中のあらゆる人種・宗教の人々と直接つながる。ある地域の、その時点でのそれまで当然とされてきた主張は、普遍的な正当性がなければ論理的な反論を受けて修正を余儀なくされることになる。そして権力機構や団体が、恣意的な思惑に固執することは困難となり、主張は自ずから穏当なところに落ち着くことになる。

ただ、これは理想論であって、実際インターネット上には、発信者が特定できない人たちが主義主張を繰り返し、数多くの根拠のない無責任な書き込みも多く、妥当な結論に収斂しないことも多い。また、権力機構による情報操作によって必要な話題をカバーできないなど現実には多くの問題がある。

情報を上手に使うためには幅広い知識と柔軟な思考のもとに、日々もたらされる情報の真贋を見分ける能力をもつことが大切である。

ダブルスタンダードのすすめ

建前と本音

一般にダブルスタンダードは、よくないこととみられるが、考えなしにそのように決めつけるのではなく、上手に使い分ける知恵が必要であると思う。

われわれは子どもの時から、嘘をついてはいけません、と教えられている。それは正直者であれ、という意味では正しい。しかし、実際には世の中で嘘はたくさん使われている。嘘をついたり、詭弁を弄することによって無駄なトラブルを避けることができるからである。古今東西、裁判でさえ嘘をうまく使って判決を言い渡したものが名裁判となっている。講談や落語で使われる「大岡政談」の中の話は中世ヨーロッパや中国で、嘘や詭弁を使って行われた名裁判をネタにしたものが多いそうである。

各個人、男性と女性、団体、自治体、国などは、それぞれ考え方、思想、立場、来歴などが違うから社会規範、または道徳規範を一律に決めて、それ以外は、考えてはいけない、あってはならないとすると、かえっておかしな問題が出来(しゅったい)する。

建前としては、誰も否定できない立派なことも実際には、実現的でないことがある。地方自治体などの公共工事の入札は、建前としてはオープンなかたちで公平、公正にすることになっている。しかし、常にこのようにしていると、資金力が最も大きな一社だけが残って、そのほかの会社は全てつぶれてしまうそうである。談合は表向き、常に強く非難の対象となるが、実際にはなんらかの調整は必要である。

社会の中で、みんなが平等、公平であることは、望ましいことである。しかし、私どもは生まれながらにして、平等、公平でないように運命づけられている。体格、性格、能力は一人として同じ場合がない。自分が、どこの国に生まれるかも分からない。よその国の様子を映すテレビを見ていて、その国に生まれなくてよかったなあ、と思うことも多い。もちろん、逆の思いもする。

不平等、不公平があっても仕方がないとは、公の立場で表立って言うことはできないから、全員を平等にすることをモットーとする法律がつくられたり、仕掛けがつくられたりする。そして、それが実際にできるかのように思い込もうとする。

数年に一度、諸外国との比較のために必要ということもあって、中学生の学力について全国的な一斉テストが行われる。しかし、都道府県別とか市町村別の成績を発表しないところが多い。平等であるべき学校にいたずらに競争意識が生じたり、序列化につながることがよくない、という理由が主なものである。

全国の大学の中から、研究実績や将来の研究計画を査定して、優れたところに研究費を重点的に配分する政策が提案されると、多くの大学からは、大学の序列化を助長することになってよくないから、予算は均一に配分すべきである、という意見が出される。世界の中で競争に伍していくには、国内でも競争が必要なことは誰でもが知っている。

これらのことに、さして違和感を覚えなくなったのは、長い間、自由とか平等、権利を主眼に置く教育が徹底して行われてきたことが、主な原因ではないだろうか。

現実には、全ての人は不平等、不公平の中で、それに耐えて生きていかなければならない。問題点について主張すべきこともあるが、現実を受け入れ、そこからより良い方向に移行するための手段を考えて努力することが肝要である、とする教育が欠けていると思う。

男女同権とか男女共同参画社会の実現の考え方は、当然そうあるべき点もあるが、ジェンダーフリーの考え方には、明らかに曲解と行き過ぎがあった。

一九七〇年代から、男性、女性という性差は、社会生活の中で、人為的、後天的につくられたものであり、これをゼロベースに戻して、両性または、中性の人間性を確立することが本当の幸福につながるのだ、と真剣に議論されていた。これは医学的事実と整合しないから、その議論は一九九〇年頃から急速に衰退した。今はもう反省されて直された点もあるが、わが国にはジェンダーフリーの取り違いは、まだ残されている。

小・中学校における、クラスの中の男子、女子を区別しない混合名簿の使用、男女共通の短パン使用、一部ではあるが、見ると目を覆いたくなるような小・中学校における、過激な性教育などである。

両性は、それぞれ生まれながらにして異なるDNAを備えている。それらを生かして補完し合うことが、自然の成り行きである。無理やりに同じでなければならないとか、対立するものなどと解釈すると、辻褄が合わないことが出来（しゅったい）することになる。

男女の差別をなくそうとして、どのような規則や法律を決めても、男性の（不）特定多数の相手に対する性体験と、女性のそれを同じように容認する社会は出現しないだろう。人間も動物の仲間であり、雌雄の役割がそのようになっているからである。

一般に国の外交では、国益が最優先事項で、倫理、道徳は二の次とされる。わが国を除く諸外国の外交におけるダブルスタンダードは、日常茶飯事でここでは書ききれないが、わが国の外交でも上手なダブルスタンダードは、あってしかるべきであろう。

自分では意識はないが、よく考えてみると、少し問題かなと思うダブルスタンダードで評価していることも多い。

仏教、神道、キリスト教などの伝統的な宗教などは、心のやすらぎをもたらすものとして、理屈なしで受け入れる。キリスト教の洗礼を受けた人や熱心な仏教の信者に対して畏敬の感情を覚えたりする。これに対して、新興宗教の熱心な信者やローカルな信仰に対しては、なんとなく怪訝な目で見る。信仰の対象がなんであろうと、それによって心の安寧が得られるものであれば、同じに扱われ、評価されるべきであるのが、一方には尊敬の念が起こり、他方を怪訝な目で見るのは、考えてみればおかしなことである。

人種差別はよくないことである。しかし、差別感情を完全になくせ、と言われても、私にはそのようにできる自信がない。これらのことを、どのように考えるべきか、答えは簡単に出そうにない。

ちょっといただけないダブルスタンダードも当然ながら、たくさんある。外国のある動物愛護団体は、鯨を殺すのは許されないとして、オーストラリア沖の調査捕鯨に高速船で乗り付けて、火炎瓶を投げ込んだりして阻止しようとする。だが、スペインの闘牛場で牛の首に剣を何本も刺して、残酷な仕方で殺すことに対しては、体を張って阻止しようとすることがあったとは、寡聞にして知らない。

ダブルスタンダードについて考えるに当たって、「建前」というキーワードがあったので、これについて少し考えてみる。

ダブルスタンダードは「建前」と「本音」、あるいは、「オモテ（表）」と「ウラ（裏）」の対概念に共通するところがある。いずれの関係も心の中の葛藤が、違った「かたち」となって行動に表れてくるものである。

「建前」を辞書で見ると、「表向きの基本方針」と説明されている。しかし、会話の中で使われる時は一般に、表向きにつくろった現実的でない方針であるといったニュアンスを持っている。建前に過ぎない、などと、ほとんどその価値を否定するようなこともある。

しかし本来、この建前という言葉は、和風の家屋の建築途上で、その骨格が出来上がった棟（むね）上（あげ）のことである。これは建築の過程での重要な通過点なので、これを無事終えた時、施工主は棟梁以下、大工さんなどに饗応してお礼の気持ちを示す。（私も三〇年ほど前に家を建てた時、ささやかながらこれをしたが、今は、プレハブ様式が主流で省略されることが多いようである）

このように建前は、非常に重要で基本的なものではある。

建前の対概念の「本音」を辞書でみると「口に出しては言わない本心」となっている。もう少し具体的にいえば、関係者が建前の背後に感じている思惑であるといえよう。実際には、この本音は関係者の心の中に留まって、外に出てこないということはまれである。本音を漏らすと、とんでもない危害が及ぶような特別に強い圧力がないかぎり、本音はすぐに表れるのが普通である。

家の建築の建前に呼応して「本音」を考えれば、それは屋根、壁、床張りから内装全般ということになる。住み心地は、これらの良し悪しで決定的に決められる。

一般にダブルスタンダードであると言えば、非難めいた意味合いを持ち、どっちか一つにしろ、と要求される。

しかし、前半で述べたように、公共工事の入札、平等・公平、男女同権といった建前を絶対的な真実であるとすると、それらの概念は一人歩きして空想的で、グロテスクな議論が飛び交うことになる。二〇年ほど前まで盛んに主張されたジェンダーフリーのおかしさは、男女同権の履き違えによるものである。

建前を基本にしながらも、表に出てはいけないはずのものである本音の存在を読んで、最終的には両者をバランスさせた状態が、具合がいいのである。

古語で「オモテ」は、顔のことであるという。「オモテを上げよ」という台詞は、時代劇によく出てくる。「ウラ」は心のことであるという。心が顔にどう反映するか、個々の心の機微によって千差万別であるが、両者は密接に関係している。二つの基準（ダブルスタンダード）を使い分けることは、「建前」と「本音」をうまく調和させる生活の知恵、社会の知恵と同じく、必要不可欠なことともいえる。

廃棄の決断について

有限と無限の間に

物置小屋や屋内の収納場所は、いつも遊休の生活用品や長い間、奥の方に納まっている死蔵品などで満杯になっていることが普通のようである。少なくともわが家はそうなっている。「取りあえず」とっておこう、「いつか」使うことになりそう、「もしかして」必要になるかも、などと捨てられない言い訳を考えながら、しまい込む結果である。このような状態で一番困るのは、確かに在(あ)るはずの必要なものが、すぐに見つからないことである。

これではいけないと一念発起して、ある時、物置小屋の中の物の大処分をした。思い切って捨てたが、その後、あれをとっておけばよかったなあ、というものは一つもなかった。その後、一年ほど前に屋内の収納場所の中の物の大処分を行って気分もすっきりした。

それからしばらくは、これらの収納場所の使い勝手がよかったが、ここ半年ほど油断した途端に両方とも、元の木阿弥になってしまった。

私は極端に物資がなかった時代に育ったためか、あるいは生まれつきの性癖なのか分からないが、物を廃棄したり捨てたりすることに大きな抵抗感がある。物を廃棄するという決断には、大きなエネルギーが必要であり、暇な時に適当に行えるような作業ではない。現在の若者は新しい物でも、高価であった物でも不必要と判断すれば、アッサリと捨ててしまう。羨ましい能力である。

さほど広くない居間に、オーディオセットが置いてある。かつては、FM放送やCDの音楽を聴いていたが、ここ一〇年近くも使っていなかった。このセットがなければ部屋は広くなって使い勝手は良くなるので、処分することにした。アンプ、デッキ、スピーカーなどのメーカーと型番をメモして、リサイクルショップに行って、引き取ってもらえるか調べてもらった。古いものではあるが、現在でも買い手がある機種とのことである。予想よりは高い引き取り価格が示された。そして翌日の昼頃、引き取りに来てもらう段取りを決めた。

翌日の朝、いよいよこのオーディオセットとはお別れなので、CDを一枚入れて聴いてみた。すると腹にズッシリと浸み込むような音質の良さに感激して聴き入ってしまい、手放すのが惜しくなった。このスピーカーで好きな時に好きな音楽を聴く時こそ、至福の時であろう。

急いでリサイクルショップに電話をして、事情が変わったので引き取りにくるのを中止してもらうことにした。店員は「それではまた気が変わったら連絡してください」と、あっさりと了解してくれた。よくあることのようであった。それ以来一年近くになるが、このオーディオセットで音楽を聴いたことは一度もない。スピーカーの前には、いつも何かが置かれていて物置場になっている。

電器製品は、多くの部品で組み立てられているが、その部品の一つでも故障すると、まったく使いものにならないから、その修理、交換する必要がある。約六年間使用していたH社の四七インチのプラズマテレビが突然の故障で、画面が突然大きくチラつき始め、アレヨアレヨという間に真っ黒になってしまった。

メーカーに電話をして故障の様子を説明すると、かなり重要な部品の故障のようであった。そして、その診断に技術員を出張させる場合には、その出張技術料五〇〇〇円を負担してもらうことになるという。大型で高額のテレビを簡単に廃棄する気にはなれないので、出張して見てもらうことにした。

技術員が来てテレビのスイッチを少し操作しただけで、これは主要部品の故障で交換する時には、かなり高額になるから買い替えをお勧めします、と言う。そんな簡単な検査で決めてしまうのはおかしい、ちゃんと中身を調べてくれと言って中を開けて調べてもらった。やはり診断に間違いはないという。私は部品が高額であっても、修理をしてもらいたいと伝えた。

すると、それを交換しても、ほかの箇所に不具合が出てくることを考えると、総合的に判断してやはり買い替えが得策である、という。このテレビの部品はあと約二年後には、つくらなくなるから、そのあと故障を起こしたら、まったくお手上げになるのだという。私はちょっとおかしいと思った。

このような大型の電器製品は、銅、銀、合金、レアアースのような貴重な金属、各種プラスチック、ガラスなど、いずれも原料は輸入しているものである。一つの部品の不具合で、これらを全て廃棄物にするのは忍びない。資源の浪費ではないのか。各種電器製品の部品を揃えておく年数が八年とか一〇年として、買い替えを促進する仕組みにしている企業姿勢を疑問に思っていた。

買い替えを勧める技術員に、かねて感じている問題点を激しく問いただした。すると彼は、自分の任務はテレビを修理すべきか、買い替えすべきかを判断することであるから、そのような大問題を指摘されても答えられない、と言った。しかし指摘されている内容は理解できると白状した。私が腹を立てていることに恐れをなして、この場をなんとか早く逃げ出したい様子であった。出張技術料を請求したら、さらにお門違いの説教を食らうと思ったのだろう。

「今日の出張料は、自分でなんとかしますので、その分をテレビを買い替える時のタシにしてください」と言って、検査器具をしまい込んで帰ろうとした。電器業界の資源問題に対する配慮不足と、出張技術料とは別問題であるから、私は逃げ帰ろうとする技術員を玄関まで追いかけていって、技術員のポケットに五〇〇〇円をねじ込んで帰ってもらった。一部始終を見ていた愚妻が「素直に五〇〇〇円をもらっておけばよかったじゃないの、そこそこのステーキを二〜三枚買えたのに……」と言った。冗談じゃない。「一寸の虫にも五分の魂」があるのだ。ゴマメの歯ぎしりであったが、買い替えを余儀なくされた。

入社して何年か経た頃（昭和四〇年代の初めである）、大百科事典の訪問販売が盛んに行われていた。この百科事典の出版社は米国で英語のものであったが、その日本語版の十数巻で価格は、十数万円と当時の給料の数倍であったと思う。営業マンが私のアパートにも訪ねてきて、言葉巧みに熱心な勧誘を受けた。かなり高額ではあるが、これこそ一生の宝物になるという説明に心を動かされたことは確かである。

価格面で分不相応であると思ったが、はっきりと断ることができず、考えておくということにした。二回目に訪問された時も、同じようなことになった。三回目の時、はっきりと断った。すると営業マンは「まだ若いのに、せっかくの機会に自分に投資することができないようでは、竹内さんの将来お先真っ暗ですね」と捨てゼリフを残して出ていった。あの予言は当たっていたことは、認めざるを得ないが、一つだけ良かったことがある。それはこの大百科事典の取り扱いを持て余して、いつどのように処分するか、思い悩むことをしないで済んだことである。

当時、会社の独身寮にいた友人の一人が、この大百科事典を購入した。今でも本棚にデンと納まっていて、使う予定がないが、どうしても処分する気になれないでいると言っている。他人に言われるままに、一生の宝物にするという自分の判断に誤りがあったことを認めたくない、という深層心理が働いているのだろう。月賦で購入したが、入社当時少ない給与から苦労して支払ったことであろうと思うと、その気持ちはよく分かる。

廃棄に当たって、いろいろ思いめぐらせば決断がぐらつくから、あまり深く考えずに決めるのがコツであろう。これが現実には、なかなかできないのであるが。

使うことができる空間と人生の時間は限られている。一方、そのものに関わる思い、期待は果てしなく大きく広がる。この有限と無限の折り合いをどうつけるかという葛藤は、やむを得ないことかもしれない。

生き方を見直す勘所

ありがたさの後に残るもの

われわれ人間は、優れた知覚能力（五感その他の数種類）を持っているが、それらを十分に発揮させなくても、安全で豊かな生活を営むことができる、というありがたい環境の中で生きている。それでも、もっとおいしい物を食べたい、広い家に住みたい、誰も持っていないような物を身につけたい、しゃれた着物を着たいなど、さらに良い環境を求める。市街地に住んでいれば、欲しい食べ物なども手間隙（てまひま）かけて作らずとも、なんでも簡単に手に入れることもできる。

このような便利さを今は拒むことはできないが、これをありがたいことである、と感じることが必要であろう。豊かさ、便利さと引き換えに失っているものもあるのではと思うことがある。

われわれにとって、それは当たり前のこととなっているが、人工的につくられた安全な環境の中で安逸な生活を続けていると、動物（人間も動物の一種）として、生きるために必要な感覚とか、知覚能力を鈍化させてしまうことを感じる。少し考えると、気懸かりになることがいろいろある。日頃感じていることについて、特にテーマを設けずに、いくつかの例を述べてみる。

賞味期限の他人任せ

牛乳に少し異物が入っていて、われわれ大人は識別できずに、飲んでしまうような時も、赤ちゃんは異物を感知して、吐き出してしまうことがあるそうである。食品は常に、口当たりを良くするため、おいしくするために塩分、調味料、着色剤などを使い、保存料も使うことが多い。

また、冷たいもの、熱いものも口にする。さまざまな刺激で、舌の感覚が鈍化しているから、少々の異物は感知できなくなる。贅沢をいわなければ食べ物に不自由をすることはまずない。ともすれば必要以上に食べたり、飲んだりで胃腸に負担がかかりがちである。このような状態では、味覚は鈍感になり、食べ物の本当の味は味わえない。変質した食べ物の鑑識力も落ちる。空腹な時間帯を多く持つように心掛けたい。味覚を鋭くするだけでなく、健康にも良いはずである。

加工食品の賞味期限は、安全係数を大幅に「鯖をよんで」決めたものである。賞味期限の決定は、加工業者と役所の妥協の産物といっていい。記されている賞味期限を過ぎたものが、冷蔵庫や棚に残されていることがある。まだ食べられるかどうかは、自分で決めることができるような知識と嗅覚・味覚を備えておきたいものである。

清潔の過剰意識

人はほかの動物たちと同じように、生まれると同時に外部と直接、間接に接する全ての器官にいろいろな細菌が棲みついて、生涯これらと共生することになる。その数や種類を聞くと、ちょっと驚きであるが、消化器官には一〇〇兆個、口腔内には一〇〇億個、皮膚表面には一兆個くらいいるそうである。

これらはひっくるめて「常在菌」と呼ばれる。それぞれの器官に棲みついている常在菌は、宿主の生命活動になくてはならない働きをしている。腸内では消化活動を助け、ビタミンやタンパク質の合成をしている。皮膚の常在菌は肌荒れを防ぎ、外部からの刺激を緩和している。

外界にいるさまざまな細菌のうち、時々、人体に付着したり、侵入して悪さをする菌を一過性細菌（常在菌に対して、こう表現されるが病原菌もこの中に含まれる）という。この一過性細菌が、感染症を起こそうとする時、常在菌は拮抗的に働き、増殖を抑えたり、排除してくれるのである。

常在菌叢が健全に活動している時は、一過性細菌が侵入した時に、これを攻撃して強力に感染の防止を行うが、体力が弱っていたり、薬（特に抗生物質や副作用の大きな薬剤）の服用や殺菌剤の使用で、常在菌叢が正常に働けなくなった状態の時は、一過性細菌が増殖しやすい状態となる。

以前に学校給食での病原性大腸菌「O－157」による集団食中毒事件があった。中毒の原因と思われる同じ給食を食べても、何も症状が出なかった児童が三〇パーセント、下痢程度の軽症が六〇パーセント、症状が重く入院したのが一〇パーセントであった。厚生省（当時）は、研究班を設置して原因究明を行った。

これに参加した東京医大の中村客員教授らは、検便により「O－157」が検出された児童三〇〇名について、各家庭での台所の衛生状態を詳しく調査した。その結果、意外なことに重い症状を示した児童の全て、家庭が殺菌剤などをしばしば使用している超清潔な状態で生活していたことが分かったという。

私は、この調査報告を見ていないから、どのように結論（または推論）しているか分からないが、腸内細菌が正常に働いている時は、腸壁が常在菌で守られていて、「O－157」が付着できないが、殺菌剤などの使用により腸内細菌のバランスを崩すと、腸壁に常在菌層の欠陥が生じて病原菌が付着できることになるのだ、と言われているのを新聞で見たことがある。

台所の諸道具の殺菌消毒をこまめにして、清潔だと思い込んでいることが、本当は間違っているのだと思う。給食による「O‐157」の感染、発症については、ほかにも屋外で遊ぶ時間が多い子どもや、納豆を食べる頻度が多い子どもは、発症率が際立って低いという調査結果があるという。

しかし、家庭とは違い、一過性細菌が常時持ち込まれるような病院などでの対応は、当然違ってくるであろう。

薬の乱用

痛みや苦痛を取り除いてくれる薬は、本当にありがたい。しかし、薬は効果と同時に、副作用があるものである。肺炎や敗血症に抗生物質は必須である。しかし、今は風邪の時にも抗生物質を使うことが普通になっている。

また、いろいろな症状に対応して、複数の薬を処方することも多い。あくまでも、効果と副作用のバランスであるが、副作用のことをもっと考慮すべきだと思う。大多数の薬は、交感神経を刺激して体のバランスを崩して自己免疫力を低下させるから、長期の服用には一層注意すべきだろう。

生活が豊かになった一九六〇年代からなぜかアレルギー体質の人が急激に増加してきた。住環境とか加工食品、薬物の影響が大きいと考えられている。スギ花粉やセイダカアワダチソウによるアレルギー性鼻炎が目立つが、これらは室内汚染化学物質や、大気汚染が引き金になっているといわれている。

エアコンを長時間つけていると、室内のダニ、浴室・台所のカビなどが増殖・培養されて、環境アレルゲンになる。アトピー性皮膚炎は特効薬のステロイド剤や、抗アレルギー剤の多用が長期的にみれば、慢性化、悪化の主要な原因だとする研究もある。

薬や加工食品など、一時的に大変便利で快適にするものであるが、常用すると大きな障害になることがある。心地よい人工的環境のどこに落とし穴があるか、危ないと感じる嗅覚が求められる。密閉性の高い部屋では空気の入れ替えやこまめな掃除、自分の体については、食べ物の工夫や適当な運動をすることで、自己免疫力の強化を図ることが大切であることを認識すべきであろう。

運動不足

わが国における最近の少子化は、子どもに対するしつけや教育に大きな影響を与えるだろう。「惣領の甚六」といわれるように、初めての子どもは、過保護に育てられるから、良くいえばおっとりしているが、生活力のないのろまとか、愚か者になってしまう恐れがある。さらに、兄弟喧嘩をすることも少なくなり、相手のことを考える機会がないままに育ってしまうことが、問題であることが話題にされる。

公園のブランコやシーソーで怪我をすると、それらを撤去する話が出ることなどは、過保護というものだろう。ブランコから、どのくらい離れていなければ危ないと教えればよい。

大人の運動不足も問題で、それぞれ工夫して解消すべきだろうが、子どもの運動不足は、さらに大きな問題であろう。「健全な精神は、健全な体に宿る」といわれるが、子どもの時の体づくりは、長い生涯にわたっていろいろな場面でプラスになる。

夕方に小学校や中学校の校庭の近くを通ると、週日にもかかわらず生徒たちの姿がなく、ひっそりとしていて驚くことが多くなった。以前はクラブ活動で、さまざまなスポーツに熱中して、大きな声を出す元気な子どもたちがいたものである。ちなみに、私が住んでいる場所は、住宅団地が増えて、この学校の生徒数は増加している。稽古事や塾通いは以前からあったが、少子化になると親の子どもへの関心と干渉が強くなり、さらに運動不足の子どもが増えたのだろうか。

仲間がいないから、テレビゲームなどを楽しむ子どももいるだろう。食べるものにも、まったく不自由はなく、過保護で一見平和な都市型の文化生活で、子どもたちまで生活習慣病といわれる健康障害が問題にされるようになっている。

社会が豊かになって、個人の自由が大切にされるようになった時には、こうなるのだという宿命論も理解できる。しかし、少し大所高所からみて、実現可能な問題解決の対応策もあるのではないだろうか。

例えば、義務教育の間は、公立校、私立校全てで、授業のある日には毎日一時間体育の時間を設けて、球技などに加えて走る、跳ぶ、投げるなど基礎体力をつける運動をすることである。体力の向上に加えて、友達との付き合い方も学べるので、一石二鳥となるという期待も持てる。全ての生徒が参加するのであるから、うちの子が勉強の時間が少なくなって、受験に不利になる、などという親の心配はなくなる。みんなで本気で考えれば、そのほかにも対応策はあるはずだ。

産科医不足

医学部の定員は増えていて、以前のデータだが、医師の総数は平成六年から一六年の間に約四万人増加したが、一方で、その間産科医師は九〇〇人減少し、最近はさらに減っているという。この傾向は現在でもあまり変わっていないのではないだろうか。その理由としては、お産に立ち合う時間が不定期できつい、それに見合った診療報酬がない、産科医院開設の設備費用が高い、医療事故に対する訴訟が多いことなどがあげられている。

お産はいつ始まるか分からないし、また、陣痛が始まってからでないと分からないことがある。深夜のお産で予期できなかったトラブルが発生し、手術が必要になった場合には、多くの専門医、技師を動員しなければならない。だが、CTやX線技師、外科医、麻酔医、新生児専門の小児科医などなど、一般の産科医療技術の進歩に加えて、このような体制の充実で、新生児、妊産婦の死亡率は大きく減少し、安全性は世界のトップ水準を保っている。

高度の医療体制は制度改革とお金で対応できるが、今後の産科医減少の問題は、これだけでは解決しないと思う。全国の医師総数に対して産婦人科医の人数は四・〇パーセントであるが、医療事故の訴訟数は一六パーセントに上り、金額も大きいという。不測のトラブルが起きた場合でも、妊産婦や家族は、「母子ともに健康であったのだから、普通に生まれて当たり前」という思い込みがあるためだろう。

われわれの生まれた頃から一五年くらいは、お産は自宅で行われるのが普通で、助産婦さんが赤ちゃんを取り上げて産湯に入れてくれたものである。したがって、現在に比べれば安全性は高くはなかった。それに比べて、はるかに恵まれているにもかかわらず、訴訟の件数は増加の一方である。いくら万全を期しても完全はあり得ない。明らかな事故は別として、なんとかミスを見つけて訴訟を起こそうとする考え方は、改めるべきではないだろうか。

法律家の数を増やして、訴訟に対応しようとする制度が始まっているが、それが本当の先進国のするべきことなのか。わが国には、欧米の先進国とは異なる土壌があることを考える必要があると思う。

お産は病気ではない。旧聞になるが、最新の高額な医療設備が、安全なお産には必要である、というような固定観念に警鐘をならすような記事が『産経新聞』に載っていた。

岡崎市に、四〇年にわたり、二万数千人の赤ちゃんを取り上げてきた七六歳の産科医がいるそうである。この医院では、純和風の民家のような部屋で、昔ながらの助産婦さんが介助して、お産をしてもらうようになっていて、何かあれば医師が駆けつけるようになっているとのこと。安全性を高めるため、妊婦さんには体力づくり、出産の心構えを事前に指導している。このような方法を考え出したのは、ある時、最新の分娩監視装置に囲まれたために極度に緊張して、こわばった表情で出産した人を見て、これが必ずしも安全性を高くするものではないと疑問を感じたためであるという。

文明の利器への依存

初めての場所を車で走る時、ナビゲーターは本当に便利である。今どこを走っているのかなど、何も考えなくてよいし、また、同乗の人と雑談しながらでも、心配せずに運転できる。しかし、初めてのところを走っているという新鮮な気持ちは薄らいだり、方向感覚の鈍化などはないだろうか。

また、そんなことはめったにないだろうが、ナビゲーターが故障して使えなくなった時、道路地図も持っていなかったら大変である。車で遠出をする時は、故障や事故のことも考えて危機管理に心しておくべきだろう。

偶然の一致で驚いたが、この文章の上の行まで書いてきたところで、急に使用していたパソコンの文字がインプットできなくなった。カーソルは操作できて、文字の移動や削除はできるが、カーソルの位置への文字のインプットだけが、ロックされてしまった。この日が原稿の締め切り日であったので、仕上げて発送するつもりであったが、それができなくなってしまった。内輪の会の原稿なので、遅れることも許してもらえるが、期限が決まっている報告書の作成や公式の文書であったりしたら大事である。遅れたために、不利になったり、とんでもないことになることもありうる。

電話で助けを求めたら、「それなら取りあえず自分のキーボードを使ってみなさい」と親切にも届けてくれた人がいて、それを使うと正常に作動する。借りたキーボードを使って、この文章を書いている。

ライフラインの一つでも、少し長い間止まった時のことを考えると空恐ろしい。

最近、ナチュラリストと呼ばれる人たちが増えている。彼らに対して羨望を感じたり、自分もやってみたいと思う人も多いと思う。これは、当たり前のように過ごしている日常の生活の中で、はっきりとした意識はないものの、われわれは何かおかしい、物足りないと感じているからではないだろうか。

本物のナチュラリストにならなくとも、われわれは自然の中で生かされている動物であることを意識することにより、生き方を見直す方向が自ずと分かってくると思う。「われわれ人間は特別の存在である」などと考えてしまうと、知らないうちに、こんなことになってしまった、と後悔することにもなりかねない。心したいものである。

古典にコテン

普遍的な言葉の真実

ずっと以前に購入したが、部分的にしか読んでいなかった古典と言われる本や、その解説書を見ていたら、いろいろと面白いことが書かれていることを見つけた。「見ていたら」と書いたのは、古典の全文を読む根気も体力もないから、ぱらぱらとめくってみたり、それを抜粋して要点に注釈をつけた解説書を見たということである。

「知之為知之、不知為不知、是知也」
（自分で見て確かめ、考えて、本当に知ったことを、知るという。世間の情報を聞きかじっただけで、自分ではっきり認識したわけではないことは、知るとはいわない）

（『中野孝次の論語』海竜社）

日常のおしゃべりの中で、物事を断定的に決めつけることはよくあることである。しかし、話の内容は多くの場合、聞きかじりの知識によるものである。そのような生半可な知識で、本当のことが分かっていると思ってはいけないということだろう。

人は、しばしば事の善悪を鮮明にしたがる。報道においても、ある人は善人であることを前提に、ある人の性癖は全て悪いかのごとき取り上げ方をすることが多い。

かつて、田中耕一氏がノーベル化学賞を受賞したあと、自分の私的なことに関するテレビ報道を見ながら、自分とはまったく異なる人物像が創り上げられていくことを自分ではどうしようもないのが歯がゆい、と言っていたことを思い出す。逆に、悪い人と決めつけられると、その人のあること、ないこと、悪いことばかりをあげつらう。報道でも、罪を犯した特定の人に対して、池に落ちた犬を助けるのではなく棒で叩く、と比喩されるように嵩（かさ）にかかって悪く言う。

以前、整理回収機構社長だったN氏は、正義の人、善い人とされていたが、不適切な債権回収を行っていたことで告訴されると、どのように説明してよいか、困惑することになる。戦争中に時流にそぐわない小説『細雪』を書いていた作家は、戦争に与（くみ）しなかった思想的にも偉大な文人であると評価されていたが、後に戦争を肯定している文章が出てきて、これまた説明に困惑するということになる。人を一面的な情報によって判断したり、決めつけたりしてはならないと思う。人にも物事にも、多面性があることをもっと認識しなければならない。

これらについては、『新選 モンテーニュ随想録』(関根秀雄・訳、白水社)には次のような文章がある。

「だって心の定まらないことこそ、われわれの天性のもっともふつうでよく目につく欠陥ではないか」

「われわれの気分や思想は本来不安定なものであるから、わたしはしばしばこう思った。いくら偉い著者だって、われわれをいつもかわりのない不動なものに作り上げようと一心になるのはまちがいであると」

「過而不改 是謂過失」(過って改めざる、是れを過ちと謂う:過ちを犯したと気づきながら改めない、これが最悪だ。本当の過ちとはそのことをいうのだ)(『中野孝次の論語』)

世の中の情勢が変わってくると、それまで正当なこととされてきたことが、間違っていたことが分かってくることは、しばしばある。それまで、先頭に立って発言してきた人の立場がなくなってしまう。政治や言論の世界にいる人が、前言を翻すことはなかなか難しい。言い訳を言ってつくろったり、強弁してがんばっている姿は見苦しい。われわれは前言を翻すことに、もっと寛容であってもよいのではないだろうか。

「都市であろうと国家であろうと、規模の大きな共同体ならば、ときが経つにつれて欠陥があらわれてくるのを避けることはできない」

これは現在わが国において、官僚機構の肥大化や特殊法人の処置に困惑していることを、国内の有識者といわれる人たちが発言したものではない。

「弱体な国家は、常に優柔不断である。そして決断に手間どることは、これまた常に有害である」

これは行政改革や憲法改正に手間どっていることや、集団的自衛権が認められるか否かについて同様に説明されたものではない。

「国家はすべて、いかなる時代であってもいかなる政体を選択しようとも関係なく、自らを守るためには、力と思慮の両方ともを必要としてきたのであった」

これは憲法九条をどうするべきか、自衛隊が軍隊であるか否かの議論が尽きないことを指しているものではない。

「戦争は好きなときにはじめられる。しかし、望めば終わるというものではない」

これも米国がイラクに戦争を仕掛けたが、後始末に困っていることを、国内の有識者といわれる人たちが発言したものではない。

これらは全て、今から約五〇〇年前にマキャベリーが『君主論』や『政策論』などの中で述べていることである（塩野七生『マキアヴェッリ語録』新潮社ほか）。

マキャベリーの思想には賛否両論あり、必ずしも全面的に受け入れられてはいないが、政治と倫理（美徳）は区別されるべきものとする独創的な思想であることは、評価されるようになっている。

マキャベリーは、一四世紀末のルネッサンス期のイタリアの政治家であり、歴史家である。この時期、中央イタリアでは小さな都市国家同士が抗争に明け暮れていたが、マキャベリーはフィレンツェの外交問題の処理という実務を行いながら、政治とか外交の厳しい現実を体験していく。策略、陰謀そして暗殺までもが繰り返される都市国家間の抗争の渦中にあって、政治の背後に潜む普遍的な法則を見いだそうと考えた。そして、現実主義に徹した政治の理論を、いくつかの著書に表したのである。

一般にマキャベリズムといえば、政治において目的のためなら手段を選ばずに、権謀術数をめぐらすことと理解される。政治と倫理は、相容れないものとするのは否とも、仕方がないとも考えられる。これはどちらが正しく、どちらが正しくないという問題ではなくて、選択の問題と考えるべきものであろう。

政治が倫理的であることは誰でもが望むところではあるが、国がその時、どのような状況にあるかによって、選択肢を考えなくてはならない。歴史の中の戦争を見れば、政治の非情さを認めないわけにはいかない。倫理を貫こうとすると、とてつもなく大きな危害が及ぶことが明らかな時、倫理的でない手段をとらざるを得ないことがある。

「すべてのものが、同じように動いているときには、表面上は、何も動いていないように見える。たとえば、船に乗っているときのように。すべての人が放蕩へ向かっているときには、だれもそこへむかって行くようには見えない。立ちどまる人だけが、いわば一つの固定した点として、ほかの人たちの逆上ぶりを指摘できる」

(『人生の知恵10　パスカルの言葉』田辺保訳編、彌生書房)

かつて、パスカルの『パンセ』を読んだ時、その一つ一つに核心を突くことが書かれていて、パスカルの言葉は全て真実ではないかと感じてしまったことがあった。

『パンセ』はパスカルの死後、遺稿のほか、大小さまざまな紙片に書かれた膨大な数の走り書きを判読して、整理してまとめられたものである。内容は宗教、人生、人間、精神などの問題に対する思索である。

パスカルは幼少の頃より、いろいろな分野で天才ぶりを発揮したが、よく知られている「パスカルの原理」「円錐曲線理論」などのほか、史上初めての機械式計算機の作製などなど数学や物理の分野で、赫々(かくかく)たる業績を残している。晩年は(といっても生まれつき病弱で、三九歳で亡くなっている(一六二三~一六六二)。主としてキリスト教への信仰の立場からさまざまな思索を重ねてノートをとり、大著をつくるための膨大な数の走り書きをしていた。

人間の本当の姿について、無神論者や自由思想家ばかりでなく、自己の行為を律することをしないキリスト教徒をも論駁、説得することが大きな動機であった、といわれている。

一般の者がこの大著を全て読むことは難しいが、項目ごとに分けて分かりやすい部分を抜粋して、さらに解説まで加えてある書物が数多く出ている。

「とるに足りない物事に対する人間の敏感さと、もっとも重大な物事に対する人間の無感覚とは、奇怪な錯乱のしるしである」

（同書）

これにはコメントをする気にもなれない。

いかに科学技術が進歩して、生活様式が変わっても、世の中の情勢が変転してどのような事態に陥ろうとも、時間の試練に耐えて残された哲人・思想家の言葉は、いつの世でも通用する普遍的な真実が述べられている。

自分自身の日常の行動や考えに照らしてドキッと思い当たることがあり、これらの古典の中の言葉に、参ったと思うことがしばしばである。

本の読み方の変更

読書は頭の劣化を防ぐ特効薬

ある年の一二月、東京での忘年会に出掛けた時のことである。新幹線の中の一時間ほどの間、何か読もうと思って積読（つんどく）してあって、まだ読んでいない本を一冊取り出してカバンに入れた。宇都宮を発車してから、すぐにその本を読み始めた。

すると、初めに近いところに傍線が引いてある箇所があり、この本は以前に初めの部分だけ読んでいたのかと思った。ところが、ページをめくってみると中ほどにも、また、巻末の方にも傍線が引いてある。どうもこの本を既に読んでいるようであるが、その記憶がない。同じような内容の本を読んでいるので、それと混同しているようである。記憶力の劣化がかなり進んでいるのだなあと思った。

東京で会った友人に、このことを話したところ、自分はテレビに録画してある名画を二回も三回も見ているが、孫から「おじいちゃん、その映画は前にも見ていたじゃないの」と笑われていると言った。同じものを何回も楽しめるということは、良いことではないかとのことである。確かに、そのように考えることもできる。

例えば、本の著者が頭の中にあることを、一気に書き上げたような本は、読者にもその意図

（?）するところが強く印象に残って、忘れることがなく、再読する必要はない。ベストセラーになるような本には、この種のものが多い。

一方、著者が一つ一つのことについて、これらに関する過去に書かれた書籍や、新たな資料を調べながら、時間をかけて書き上げた書籍を読む時は、読者もそれら一つ一つのことに思いをめぐらし、また、十分に理解、納得できないまま読み終えるので、印象は分散する。図書館から借りてきた本でも、一度読んで返すことに躊躇がないものと、貸出期限が来たから返すが、再度借り換えて読まなくては気が済まないものがある。

歴史書の中には、史実として確定していると思われることも、新しい資料の発掘や、五〇年以上も前の外交文書の公開などで見直しが必要になることも多い。一つの史実も、限りなく多くの事象から成り立っているものであって、われわれは、その一部を知っているに過ぎない。このことを考えさせるような内容の本は、何回読んでも本当のところはどうなのかを考えさせられ、また読んでみようという気持ちになる。

これまで、興味本位で新刊本や興味がある記事が載っている月刊誌を気軽に購入してきた。しかし、一回読んだだけで、用済みとなる本も多かった。また、一つか二つの興味のある記事が載っている月刊誌は、そのほかの多くの記事には、興味がないから、当然それらは読まない。

これからは、このような本や月刊誌は、できるだけ敬遠することにする。新幹線の中での経験で分かった記憶力の劣化と、書棚のスペースの余裕を考慮して、最近では、月刊誌の購入は、原則的にしないことにしている。また、書棚にある書籍の再読・熟読を主とし、書籍の購入に当たっては何回でも読み直してみたいようなものに限定することにしている。

憎めない人への変身

智に働けば角が立つ

漱石の『草枕』の冒頭に、「智に働けば角が立つ。情に棹させば流される。意地を通せば窮屈だ。とかく人の世は住みにくい」という有名な一節がある。

意訳して平易に表現すれば、「相手の気持ちや立場を考えずに、一方的に自分の意見が正しいとばかり主張すると、良好な人間関係にヒビが入る。他人に同情したり、合わせてばかりいれば、自分を失って立場を悪くしてしまう。自分の流儀を頑なに通すと、他人からは白い目で見られ、関係がギクシャクして窮屈な思いをする。このように何かにつけて、人の世は住みにくいものである」といったところであろうか。

これはごく一般に言えることであり、誰もが多かれ少なかれ思い当たるフシがあると思う。もちろん自分にも当てはまる。もっと言えば、私は人並み以上に理屈っぽく、情に流されやすく、意地っ張りである。したがって、世間付き合いで波風を立てることがある。

しかしながら、世の中には他人の考えていることなどには、あまり気にかけずに勝手なことを言ったり、また、勝手なことをしながら嫌われない、という得な性分の人がいる。いわゆる「憎めない人」に、しばしば遭遇する。羨ましい性格である。

自分で意識している欠点を他人から指摘されると、大きなお世話と反発したくなることが普通だろう。しかしながら、同じことを言われても、人によっては反発どころか、親しみさえ感じる場合もある。それは意見をしていながらも、個人的なことではなく、一般的な問題点の指摘であると、巧まずに思わせてしまうからのようだ。

人の性格いろいろ

日常、人の性格について話題にされることも多い。性格は変えることができないとか、いや性格は変えることもできるとも言われる。正当な判断をするためには、性格とはどのようなものか、少し詳しく知る必要がある。

普段「性格」と言っているものは、四つの要素が重層的に重なり合っていて、その時々に応じて、その一端が現れてくるものと考えられている。

・気質：遺伝によって先天的に決まっていて、環境や経験によっても大きく変わることがない

性質
・気性：環境との関わりの中で形成されるが、特に幼年期の養育者の影響を受ける性格
・習慣的性格：生活環境の中で身につけたことを反復することで形成される個性（性質）
・役割性格：組織や社会の中でよく適合していくために意識的、または、無意識的に形成される個性（性質）

性格は変えられないというのは、「気質」が変わりにくいことを指すのだろう。一方、性格は変えることができるというのは、「気質」以外がその人の努力や心掛け、または、環境に応じて、無意識のうちに変わってしまうことを指すのであろう。

人の性格は千差万別で、厳密に考えれば一人としてまったく同じ性格のものはいない、といってもいい。しかし、それで済ませているわけにはいかないから、人の性格を説明するため、多くの試みがある。いずれもさまざまな基準を決めて、どこに分類されるかを考える方法をとっている。

身体的特徴を基準にする分類、あるいは、心理的特徴を基準にする類型論がある。また、その人がいくつかの特性、例えば、活動性、社交性、依存性、劣等感などの特性をどれくらいずつ持っているかが、性格を決めると考える特性論がある。これらのほかにも多くの学説があるが、いずれも全てをうまく説明できるものはない。

これらの方法論は、特に違和感なく理解できる。しかしながら、各学説の基準の分類項目を見ると、難解な言葉が多く出てくる。例えば、人の体型を、「躁うつ気質」「分裂気質」「てんかん気質」の三つに分けるだの、気質の分類では「循環型気質」「分裂型気質」「粘着型気質」に分けるなどとある。子どもの性格の分類では「胆汁質」「多血質」「粘着質」「躁うつ質」とする説もあるという。

人の性格について、これ以上専門的に理解しようとする時は、心理学や精神医学における、これらの言葉の定義をしっかりと学ばなければならない。われわれ素人にとっては、「言語明瞭・意味不明瞭」の世界である。人の心の中のような複雑、かつ不可思議なものを究明しようとする時、このような直感的に感じ取ることができないばかりか、誤解されてしまいそうな理解不能な言葉ばかり使うことで、一層複雑にして分かりにくくしてしまうのではと、心配になる。

「智に働けば角が立つ」を恐れなしとしないが、その人の態度、言動が「甘い」か「厳しい」かという基準で、「言語明瞭・意味明瞭」な人の性格を類別してみることにする。

便宜的に、他人または自分に対して「甘い」か、「厳しい」かを判断して人の性格の分類をすれば、次の四つの型に分けられる。

一　自分に対して厳しく、他人に対しても厳しい

二　自分に対して甘く、他人に対しては厳しい

三　自分に対して厳しく、他人に対しては甘い
四　自分に対して甘く、他人に対しても甘い

それぞれの特徴は、次の通りである。

一：高校野球の甲子園大会でベスト4進出とか、優勝まで導く野球部の監督や、かつて巨人を日本シリーズで九連覇させた時の川上哲治監督などが思い浮かぶ。チームや団体が競争に勝ち抜くという目標に向かって、全体を引っ張っていくリーダーは、自分に厳しくないと部下は付いてこない。

二：他人の悪口を言いながら、自分の自慢話を言うような場合が、典型的である。他人との関係は最悪になる。イソップ寓話に「狐と鶴のご馳走」がある。狐が鶴においしいご馳走があるからと言って、食事に招き、スープを浅い皿に出した。自分はおいしそうに飲んだが、鶴は口にすることができなかった。お返しに、鶴が狐を食事に招き、肉を口の細い壷に入れて出して、鶴は嘴を入れておいしそうに食べたが、狐は食べることができなかった、という話である。意地悪をすると、自分に返ってくるという教訓であるが、この例と共通点があるように感じられる。

三：人当たりが良くて、相手のことによく耳を傾けるので、所属団体の世話人に祭り上げら

れるようなタイプである。自分のことは謙遜して、あまり口にしないが、相手の良いところは、心から褒めるような人である。

以前に、つくばのJAXAを見学したことがあった。宇宙衛星の模型に入って説明を受けたが、ちょうど宇宙飛行士候補を募集している時であった。五〇〇人くらいの応募があって、選ばれるのは一人か二人程度とのこと。選定で最も重視されるのは協調性であって、身体的なことは、二の次であるとのことであった。宇宙船の中で長期間、クルーと問題なく過ごすという過酷な状況に、耐えられる資質がなくてはならないのである。

四：ここ十数年行われてきたゆとり教育は、この考え方に基づくもののように思われる。基本にある考えは、全ての者がいやな思いをしないで仲良くやっていこうということであろう。某国の前首相が、党の代表戦にあたっての発言で「自分を総理にまでさせてくれた〇〇氏を支持するのが、私の大義である」と言うことも、この例であろう。

深層心理には、物事を荒立てないための方便として、そのようにしていると考えられる。しかしながら、その場をなんとか丸く収められても、後になって大問題が発生することが多い。

性格は変えられる！

これら四つのタイプのうち、憎めない人は、少なくとも三のケースのように、他人に対して寛容でなくてはならないだろう。さらに、必要とされることは、自分をありのまま見せる（見栄を張らない、格好をつけない、いやなことはいやと言う）、相手に対してはフランクに接して過度な遠慮をしない、恩を着せない、などのことなどがあろう。

人と接する時には、多かれ少なかれ自分と相手との相対的な関係を意識して話したり行動したりする。極端な場合には卑下したり、逆に横柄な態度になったりする。憎めない人の行動パターンを考えると、この自分と相手との相対的位置関係に無頓着であるようだ。もちろん、礼儀をわきまえてのうえのことではあるが。映画やテレビドラマで演じられる裸の大将こと「山下清」は憎めない人が持つ多くの要素を持っている。

性格の中の気質は心掛けや努力でも、ほとんど変えられないから、望むような理想的な性格に変えることはできないだろう。しかし、前述のように、習慣的性格、役割性格は心掛けで変えられる部分もある。性格を変えるということは、新しく好ましい性格を加えるということかもしれない。それでも大いに意義のあることだと思う。

憎めない人になろうなどという、抽象的で安易な目標を立てても、たやすく達成できそうにない。憎めない人になりたいなら、そのような人の性格を分析して、その要素を知って、その中の一つでも自分にできそうなことから、それを習慣化することだろう。先に列挙したものから、例えば、見栄を張らない、フランクに接し、過度の遠慮をしない、相手との相対的な関係をできるだけ意識しない、など具体的な行動を身につけることである。

憎めない人に出会うといつも羨ましく思うということは、自分が憎めない人でない証拠であろう。理屈をこねても嫌われず、相手に同情したり合わせながらも自分を失わず、意地を通しながらも大目に見てもらえる、といったような得な性格の「憎めない人」に変身することが、私の新しい挑戦である。

その年齢(とし)でちょっと無理ではないですか、という声が聞こえてくることは、承知の上である。

別荘管理人

発想の転換の楽しみ

信州の東部にある中山道の宿場町、長久保が私のふるさとである。ここは、人口が二〇〇〇人弱の小さな町であったが、近隣の町村と二回にわたって合併して、今は長和町(ながわまち)となっている。この町は総面積約一八三平方キロメートルと広いが、人口は七〇〇〇人程度で、依然として小さな町である。森林の面積が広く、野兎と猿の匹数を合わせれば、人の数より多くなるかもしれない。

ここで過ごしたのは一八歳までであるが、小・中学校の同級生が何人もいるので、帰省した時には会うことがある。男性はほぼ全員、当時の面影が残っているが、女性は名乗ってもらわなければ、まったく分からないくらい変わっている。この原稿を書いた時点から間もなく、皆七二歳を超すが、ここから離れて暮らしている者を含めて、同級生で亡くなったのは、男性一人だけで、平均寿命を延ばすことに貢献しそうである。

長和町の標高は六〇〇〜九〇〇メートル程度あり、冬の寒さは厳しいが、夏は涼しく過ごしやすい。温暖化の影響か、このところ、夏の昼間はかなり暑い日もあるが、夜には気温は下がる。冬の積雪も、私が住んでいた頃に比べれば少なくなっている。

近くには多くの風光明媚な観光地があるから、夏休みや秋の行楽シーズンは、観光客で賑わう。私の家から一時間以内で行けるところには、蓼科高原、霧ヶ峰、美ヶ原高原、諏訪湖、小諸城址、上田城、などがある。二時間程度で行けるところには、上高地、乗鞍岳、松本城、安曇野、白馬、善光寺、小布施、軽井沢、野辺山高原など。もう少し先には、黒部峡谷、志賀高原などがある。

近くには何回も行ったところが多いが、遠い方は、まだ行ったことがないところが多い。信州出身で乗鞍岳や志賀高原には、まだ行ったことがない、と言うと驚かれることが多い。頻繁に帰省しても、気持ちの上で余裕がなかったから、計画を立てて遊びに出掛けるということはしてこなかったのである。

長和町の実家には、長い間母親が一人で暮らしていた。特に高齢になってからは、心身ともに不安定になり、身の回りの問題で、何かと気懸かりになることがあって、時間を見つけては帰省していた。昔は高速道路ができていなかったから、片道七時間くらい要したが、北関東自動車道の佐野—太田間が完成したから三時間以内である。

母が亡くなり、以前のように頻繁に出掛けることはなくなった。ただ、家が空き家になっているので、そのメンテナンスのため、また、親戚が多くあってお付き合いがあるので、出掛けなければならないことが多い。定例の盆に合わせての親戚中の顔合わせ会、冠婚葬祭の付き合いは欠かすことができない。後期高齢者が多いので、もっぱら葬祭の方である。

空き家をいつでも使えるように管理するには、さまざまな手数がかかる。春から夏にかけては雑草の刈り取り、秋には庭木の刈り込み、冬は特に寒冷地であるから凍結防止対策、また、外装、内装などの手入れなどなど。要するに遠方に家を持っていると、管理人としての業務に追われて大変ということである。

しかし、考え方を変えてみれば、夏は涼しくて過ごしやすく、観光地のど真ん中にある広い庭付きの別荘であると考えれば、そのオーナーでもある。

これまで、家屋の管理が大変であるという負の面にとらわれて、これをうまく利用する、という発想が欠けていたことに気がついてきた。

俗に「別荘と愛人は、つくる時は楽しいが、つくったあと数年も経つと持て余すことになる」という。私は愛人を持ったことはないが、別荘まがいのものを持ってみて、その気持ちが分かるような気がする。

しかし、これからは別荘管理人ではなく、オーナーであるのだと発想を前向きに変えて対応したいと思っている。そのように考えれば、気が楽になるばかりか、楽しみが一つ増えることになるはずであるが。

道草の効用

道草とどう付き合うか

人生に挫折はつきものである。人生は大小の失敗や不満、挫折を乗り越えて進まなければならない障害物競走のようにも思える。株の失敗、志望した会社への就職の失敗、仕事の失敗、失恋などしばらく時が経過すれば、笑い飛ばせる軽いものは無数にある。

一方、大病、破産、離婚、家族（特に配偶者、子ども）の死、刑事事件への関与など後々まで後遺症をもたらす障害、挫折にも出くわすことがある。その挫折にどのように対処するかが、その後の人生を悲惨なものにするか、乗り越えて脱皮・成長するかを左右する分かれ道になる。

これらの挫折に対する対処法、経験談、アドバイスなどに関する書物は無数にある。

以前誕生した内閣では、総理大臣や閣僚、与野党役員に「松下政経塾」出身者が多かったことから、この時、塾のカリキュラムがテレビなどで話題にされた。私は今まで漠然と経綸に関わる古今東西の書物の読破とかディベート、演説の訓練などが主たるものと思っていたが、それとは大きく違っていることを知った。

塾は神奈川県の茅ヶ崎市にあって全寮制である。寮の経費、研修費は全て支給される。志願者は毎年定員の数の一〇倍以上も殺到するという。

初めの基礎課程では、古典、哲学、宗教、国家観、歴史観の研修、現場実習（営林、農業、製造業……）、外交、安全保障などの研修、わが国の伝統精神の研修（茶道、書道、剣道、座禅など）、心身の鍛錬（一〇〇キロメートル行軍、災害支援……）を学ぶ。

次の実践課程では、テーマを自身で決めて国内、海外での調査・研究をし、自らの志と覚悟を決めて、卒塾論文は政治の理念と国家ビジョンの提言をするようになっている、という。

研修項目の大部分が志望している職業（主として政治家）には直接関係のないいわば、人生における道草のようなものである。意外に感じたが、そのカリキュラムの目的とするところは容易に理解できた。

この塾のカリキュラムの連想で、若い時挫折しながら、その機会を捉えて身につけた知識や見識、対人関係での身の処し方、技量などを武器にして、その後にそれぞれの道で大活躍することになったいろいろな人物を思い出した。

思いついた人物について、その挫折と業績について簡単に紹介してみよう。

陸奥宗光の生涯

初めは、明治中期の外交官、政治家、政治思想家の陸奥宗光である。（この項の主要参考文献：岡崎久彦『陸奥宗光とその時代』ＰＨＰ研究所）

陸奥宗光は一八四四（天保一五）年、紀州藩和歌山城内で生まれた。宗光の父宗広は紀州藩に仕えていたが、宗光八歳の時、政争に敗れ失脚して家族離散の憂き目に遭う。子どもの宗光が、藩の処置に対して大きな憤りを示し、家の者たちがなだめるのに困るほどであったという。たまたま、大和五条（奈良県）の本屋の主人と知り合って、その家の食客となり、多くの書物を読む機会を得ることになった。幕府の政治に関する教科書なども、むさぼり読んだという。大人が読んでも面白くない教科書を一〇歳にも満たない宗光が理解してしまうということは、生まれながらの政治家としての素質があったのである。

一五歳になって江戸遊学を志し、一九歳までの間、漢方医の薬局などの手伝いをしながら、多くの漢学者について学問に励んでいる。その間、尊皇攘夷運動にも参加して、勝海舟の海軍塾に入ったり、一八六七（慶応三）年には坂本龍馬の「海援隊」へ入隊している。

時は、幕末の動乱の時期から明治維新の真っ最中である。宗光は開国進取の政策を説き、岩倉具視に認められて明治新政府に入った。そこで、新制度制定などに縦横に活躍している。短い期間ではあったが、和歌山藩執事（後の県令、現在の県知事。戦前までは中央政府から官吏が派遣されていた）として藩の兵制、教育、産業発展に大きな成果を残した。中央政府に戻っては、地租改正による政府の財政安定化、わが国で最初の予算書の作成、徴兵制度、廃藩置県など明治政府の骨格になる制度の制定には、主導的な役割を果たしている。

維新以降、新政府内の人事は、薩長藩閥が極端なかたちで行われていて、薩摩、長州藩出身者であれば大した実績も能力もなくても要職に就けた。実務処理能力のない同僚が昇進して、閣僚にまでなっていても、新政府で最も大きな仕事をしてきた陸奥宗光は局長心得（局長の補佐）であった。

薩摩、長州藩以外の藩出身者の薩長藩閥人事への憤懣は次第に大きくなり、一八七七（明治一〇）年の西南戦争に乗じて、土佐藩出身者を中心にしていささか荒っぽい手段で藩閥政府を転覆させる計画が立てられた。宗光もこれに加担した。しかし、この計画は政府に漏れて、関係者は一斉に逮捕され処罰された。宗光も逮捕され、禁錮五年の実刑に処せられた。

宗光は山形監獄、後に宮城監獄で五年間幽閉されることになった。獄中の宗光は、初めのうちは漢詩を詠んだり、手紙を書いたりしていたが、間もなく猛烈に勉学に励むことになる。個々の書名はここでは記さないが、江戸時代の儒学者が書いた主なもの、英、独の政治哲学の重要な書物を読み、最も重要なものの翻訳、これらから得た自身の政治哲学を著書としてまとめている。

宗光は収監される前の在職中にも時間を見つけては英、独の政治哲学に関するいくつかの書物の翻訳をしているくらいであるから、時間が十分にある獄中でいかに読んだり、翻訳したりして経綸に対する思索に没頭したかは容易に想像できよう。

宗光は一八八三（明治一六）年一月、刑期を数カ月残して特赦により出獄した。当時、政治犯といえば郷土では英雄扱いされ尊敬されることが多かったが、出獄後に和歌山に帰った時の陸奥は特別扱いで、歓迎会には和歌山のみならず、阪神地方や熊野からも出席希望者が大勢集まり、和歌山県未曾有の大歓迎会となったという。

その後、宗光をよく理解する伊藤博文はじめ、多くの知人から勧められて、米国、欧州に外遊することになった。米国の議会制度を視察して、英国では憲法の研究、ドイツ、フランスでは政治、憲法学の権威との議論を通して憲法、議会、内閣、選挙、外交防衛、地方分権など政治全般について見識を高め、自身の政治哲学に確信を得ている。

宗光の持って生まれた並外れに高い事務処理能力に加え、獄中の五年間、それに続く外遊で得た政治遂行能力は、発展途上にあった明治中期以降の政府の施策遂行に大きく貢献することになった。農工商務省大臣を務めたあと、外務大臣として残した業績は特筆されるものが多い。

幕末に結ばされた各国との不平等条約の改正は、明治政府の大きな課題であった。宗光はメキシコをはじめ米国、英国との条約改正に成功して、その他の国々とも不平等条約改正の突破口を開いている。

日清戦争では陸奥外交の冴えが、いかんなく発揮されて勝利が導かれた。開戦に当たっては、ソ連（旧、以下同）、英、米の思惑と干渉をいかに素早く、正確に読んで交渉するかが最重要問題であるが、陸奥の判断力と迅速な外交文書作成力で、有利に戦えるぎりぎりのタイミングで開戦に持ち込んだ。伊藤総理はじめ内閣では開戦に慎重な意見が多い中で、陸奥の清国の戦争準備状況をも考慮しての、この判断が正しかったことは後に検証されている。

戦争終了後の「下関講和会議」での伊藤博文総理、陸奥外相と清国全権代表李鴻章（りこうしょう）との講和会議の状況を描いた絵画は、教科書に載せられる挿図の定番となっている。

日清戦争後には、陸奥は次期総理大臣として最もふさわしいという状況になっていたが、以前より患っていた肺結核が激務によって悪化して一八九七（明治三〇）年、惜しまれながら死去した。五四歳の若さであった。

高橋是清の七転び八起き

二人目には、大正から昭和にかけて、大蔵大臣として手腕を発揮した高橋是清である（主要文献：岡崎久彦『幣原喜重郎とその時代』ＰＨＰ研究所、インターネット）。

是清は、その人生の前半には数々の失敗、挫折を繰り返し経験している。生まれは一八五四（嘉永七）年、幕府御用絵師・川村庄右衛の私生児である。母親は行儀見習いのために川村家に預けられていた一六歳の娘・きんである。二歳の時、仙台藩の高橋覚治の養子に出される。

その後、横浜の私塾で英語を学んだりしたが、その俊才を認められて藩命により米国留学することになった。その米国留学の仲介をすることになった米国人貿易商（E・V・リード）に留学費用を支払ったが、大部分を着服されてしまった。

さらに、ホームステイ先の貿易商の両親に騙されて、年季奉公契約書にサインをしたため、オークランドの農場主に売られてしまった。家畜の世話や葡萄畑で、奴隷同様の生活を強いられている。また、いくつかの家を転々とわたり、苦労を重ねている。今でこそ米国は人権を最も尊重する国であるといって、よその国の人権問題に口出しをしたりするが、この頃には、黒人や黄色人種の人身売買は平気で行われていたのである。是清の窮状を知った別の仙台藩の留学生に助けられ、一八六八（明治元）年、帰国することができた。

その後、サンフランシスコで知遇を得た森有礼の紹介で文部省に入り、大学南校（東大の前身）英語教官手伝いなどを行っている。ここでも是清の遊び好きが災いして友人に騙されて、多額の借金を押しつけられ破産して職を失い、路頭に迷うこととなった。転がり込んだのは馴染みの芸者の家で、下働きをして過ごす。今では考えられないが、これが一八歳の時のことである。

これを見かねた友人が、唐津の英語学校を紹介してくれる。ここでは短期間のうちに英語教育、学校経営の向上に大きく貢献している。

その後も頻繁に転職を繰り返すが、仕事上では成果を上げ、遊びや投資話ではいつも失敗している。英語教師の後、文部省、農工商務省を経て一八九二（明治二五）年、日本銀行に入行した。

是清はどの職場でも抜群の働きをするが、私生活で失敗ばかりしている。しかし、誰からも好かれる性格の、いわゆる憎めない人で、困った境遇に陥った時には、知り合いに声を掛けられ助けられている。しかしその時、頭を下げて助けを請うのではなく、自分はそれ相当の働きをするということで、対等の立場で話をつけたという。

この態度は日銀副総裁として、日露戦争の戦費調達のためロンドンで外債を募集する際に、いかんなく発揮されることになる。

わが国の命運を懸けた日露戦争は、一九〇四（明治三七）年二月八日に勃発した。当座の戦費の不足分約一億円（この年の国の予算は約七億円）を外債発行で賄うより方法がなかった。日銀副総裁として高橋が米国、英国に向けて外債募集のため横浜を出発したのが、二月二四日であった。

初めに米国に渡り、数人の銀行家に外債募集の可能性を探ったが、起債は無理であることが分かった。当時の軍事大国ソ連に対し、極東の小さな新興国日本との戦争は、日本が不利であるという風評は当然であって、外債引き受け手を容易に説得できるものではなかった。

是清はただちにロンドンに向かったが、ここでも日本公債に対する人気は低かった。是清は毎日のように英国の銀行家と話をしているうちに、日本の戦争に勝ち目が少ないことと、日本の戦費調達に協力することでソ連に対して中立の立場を崩すことになることを懸念していることが分かった。

日本が不利であるとの懸念に対しては、わが国は既に戦争の準備を整えていること、わが国は国難に当たっては、国民が一丸となって戦うので、負ける心配は不要であることを諄々と説いて、日本の事情に疎い銀行家たちも興味を示すようになっていった。中立違反の懸念については、過去の戦争の例を説明して、法律家、歴史学者の意見を聞いても問題ないことを明らかにした。

また支払いの抵当には関税収入を当てるということも明らかにした。是清の説得は徐々に銀行家たちに浸透して、間もなくかなり有利な条件で起債に成功した。しかし、英国銀行団が引き受けることになったのは必要額一億円の約半分であった。

是清の耳には入っていなかったが、ニューヨークの投資会社代表で大富豪のシフが、日本の外債募集に関する是清の説明に興味を持ったようである。シフはロンドンに滞在していて、日本の生産、経済、日本の戦争に対する準備、心構えを是清に熱心に聞いてきた。是清は一つ一つ丁寧に説明した。

その翌日、是清のところに、人を介して残りの約五千万円の債権はシフが引き受けて米国で発行したい、と言ってきたので大変に驚いたという。シフは日本の戦費調達のための起債のことは知っていて、投資の対象として疑問を持っていたが、是清の丁寧で明快、誠実な説明を聞いて即決したのである。
外債引き受けの契約がまとまった後、シフは米国に帰る前に、是清にもう一度会いたいと言ってきた。是清にとっては、急いで起債ができなければ大変なことになるところを急転直下、大口の外債を引き受けてくれているので、自分から出向いて感謝の意を表する状況ではある。しかし、是清は起債側と引き受ける側とは対等の立場であり、自分は日本を代表して来ているので、会いたければ、そちらから来てほしいと伝えた。シフは気を悪くすることもなく、是清が投宿しているホテルに来て歓談した。

このホテルは、滞在費を少しでも安くするために選んだ一般商人が泊まる三流ホテルであった。そのあと是清は返礼にシフを訪ねると、こちらは各国の王侯が泊まるロンドンでも最も格式の高い高級ホテルであった。飾り気のない是清も、このような人たちと付き合うには、もう少し高級なホテルにしないといけないなあと言ったという。

この英、米での起債の成功がなかったら、戦費不足に陥って日露戦争の帰趨は、どのようになっていたか分からないと言われている。

このような是清のしたたかな交渉能力は、持って生まれた楽天的な天性に加えて、若い時からさまざまな職業や遊び、失敗、挫折の中で身につけた人生哲学によるものであろう。大きな失敗や挫折を一度も経験をしたことのない優等生出身の政治家や、官僚にはできない芸当である。

この後、是清は日銀総裁、六回の大蔵大臣、総理大臣を務めている。昭和の初期、わが国の財政は困窮することが多かったが、困った時には、是清が大蔵大臣に引っ張り出されて、その窮状を救っている。是清が蔵相に就任するたびに、国内には安堵感が広がったという。

一九三六（昭和一一）年、是清は六回目の大蔵大臣に就任していたが、軍事予算の削減を図ったことが青年将校の恨みを買い、二・二六事件で凶弾に倒れて、波乱万丈の生涯を閉じた。八三歳であった。この時期までは、命を落とす覚悟で政治に専心した政治家は多かったのである。

このほか、道草の効用を発揮した人物としては、幕末から明治にかけての国際人ジョン・万次郎、敗戦後GHQ（連合国軍総司令部）の占領政策に意見してわが国の自由と誇りを守り抜こうと闘った白洲次郎など多くの人のことが思い浮かぶが、紙面の都合もあり割愛する。

「可愛い子どもには旅をさせろ」などと言われるが、道草は人を一回りも二回りも大きくすることがある。これをうまく利用できるかどうかは、その人次第ということになる。

政治家の資質

最近では政治家が劣化したなどとよく言われる。しかし、政治に携わる者の立場になって考えれば、現在では誰でもが要求することが当たり前と考えて大きな声を上げるし、その要求があまりにも大きく、また千差万別で、それらを満足させることは難しいということになるかもしれない。自分たちの考えと違うという理由で、政治家（政治）の悪口を吹聴する風潮があるが、慎まなければならないと思う。

本物の政治家の条件を考えるに当たって、ここで紹介した陸奥宗光や高橋是清のような、国益を守るために大きな実績を残してくれたと評価の定まっている政治家の資質、政治哲学、人となりを見て参考にすることも一つの方法であろう。そのように考えれば、本物の政治家が持たなければならない必須の条件がいくつか思い当たる。

一　さまざまな知識に裏打ちされた見識と胆力、そして論理的な説明能力。圧倒的実務実行能力で周囲から一目置かれるような存在感。

政治の世界では、政争は常にある。陸奥や高橋の時代でも同じであった。世論が分かれていて、どちらに進めるべきか判断に苦しむとか、政争が激しくて政治が進まないというのは言い訳に過ぎず、能力がないのである。

二　国家国益のために、特定の偏りがない政策を決定、実践する能力。その時の世論、風潮に流されることなく、鋭い嗅覚によって後世において、結果が評価される判断を行えること。平素から中庸、中道の心が備わっている人間であることが必要。

三　自分のありのままを見せて、好感が持たれる人間的な魅力。わが国の政治家には、振る舞いにおける余裕、ウイット、ユーモアが乏しいという問題点がある。

などである。

学術、技術、芸能、スポーツなど、どの分野でも一流になるには、その筋の持って生まれた才能と努力、研鑽が必要であることは誰でも理解している。しかし、政治家について、その才能と研鑽についての必要性を指摘することは少ない。政治家は国の命運を担うものであるから、このことはもっと関心を持たれてしかるべきものと思う。

以前発売された月刊誌『正論』に、松下幸之助の晩年の二三年間側近として仕え、松下政経塾の設立に関わった江口克彦氏が、幸之助氏が政経塾を設立した経緯を述べている。

それによれば、昭和二〇年の敗戦後のＧＨＱの占領政策で、事業制限、公職追放などなどの手枷足枷で、国中ががたがたになり、松下電器も倒産寸前まで追い込まれた。会社をあげて制限解除の嘆願を行ったが、日本の政治家は何もしなかったことを目の当たりにして、政治をお上に任せておくだけでは、国が立ち行かなくなる惧れを抱いたことに始まるという。

会社の経営をしながら、政治を良くするために自分は何ができるかを、常に考えていたという。持続的な国民運動、政治研究所（シンクタンク）なども検討されたが、最終的に政治家養成塾をつくることにした。

養成塾の目的は、一言で言えば「人間を大事にする本物の政治家を育てる」ということに尽きる、とのことである。政治を良くするために何かをやろうと決意してから、三五年後の昭和五五（一九八〇）年に松下政経塾が設立された。その概要は冒頭に書いた通りである。

人生の成り行きで入り込んでしまう一般の人の道草と、松下政経塾での道草とは、大きな違いがある。人によっては、明日はどうなるかも分からないような厳しい状況下での道草と、上げ膳・据え膳のように与えられるような恵まれた状況下にある道草との違いである。

後者では、政治家として欠くことができないしたたかさや、胆力は身につくか心配である。「養鰻場で鰻は育てることができるが、松下政経塾で政治家は育てられない」などと揶揄されることはあるが、少なくとも政治家集団の能力の底上げには、有効であると思う。自分の娘をちょっと有名なスポーツ選手に育てて世間で名前が知られたから、選挙に出て国会議員になるといったケースよりは、はるかにマシである。

本当の政治家は、一般の人に比べて生まれながらにして素質があり、かつ並外れた努力と研鑽によって磨き上げ、そして、失敗することも犠牲になることも恐れない、真のエリートがなるべきものである。いながらにしてオーラを発するような人物でなければ、本当の政治はできない。政治家は選良であると言われる所以(ゆえん)である。

本物の政治家を育てるには、全ての人が平等になろうなどという甘い「ゆとり教育」などとは早く決別して、俊才を選んでエリート教育をすることが必要なのである。しかし、これは言うことはできても、すぐに実行できることではない。政治家の悪口を言うだけでなく、優れた政治家に対しては、素直に尊敬するという風潮ができてほしいと思う。

世相に直言

昭和一二年からのあれこれ

明治・大正・昭和を改めて考える

昭和五〇（一九七五）年頃のことであったと思うが、「明治は遠くなりにけり」というフレーズをしばしば耳にした。あの大戦の後の混乱、窮乏を乗り越えて、ひとまず少しばかり生活に余裕ができたあの頃、明治生まれのお年寄りが、過ぎし良き時代を懐かしみ、感慨に耽って述べられたものと思っていた。

その後、このフレーズは俳人・中村草田男が、昭和六（一九三一）年に詠んだ「降る雪や明治は遠くなりにけり」によるものであることを知って意外に思った。昭和六年は大正の一五年間を挟んで、明治の終わりから二〇年ほどしか経ていない。二〇年程度前のことに対して、感慨に耽るということに納得がいかなかったのである。

しかし、今これを考え直してみると、二〇年という年月のことだけではなく、『坂の上の雲』を仰いで懸命に生きた明治時代、そして大正時代には、社会は大きく変貌し、また、昭和に入って将来に対する漠然とした不安感を覚えていた、といったことを勘案しなくてはならないと思う。

明治の時代には急速な近代化を成し遂げ、日清・日露戦争に勝って、わが国は世界の一等国の仲間入りをした。かろうじてではあるが、欧米列強と並んで、国として自立することができたのである。大正の時代には、短いながら「大正デモクラシー」という民主的な政治や、新しい文化を謳歌する一時期を過ごした。

しかし、昭和に入るとただちに世界的な大恐慌が起きて、当然わが国も巻き込まれることになる。昭和六年は、今後どうなるか分からない不安が、国中を覆うことになる。不気味さを肌で感じる時であった。

大正の一五年間は時間の長短では測れない、一つの時代の大きな潮流の変わり目の時であった。何もなければ、二〇年前のことはなんとも感じられないが、世の中が大きく変化を予感する時には、かつての良い思い出を改めて見直して、感慨に浸ることが起こるようになるのであろう。

昭和十二年の「週刊文春」

『昭和十二年の「週刊文春」』という一書がある。初版は平成一九（二〇〇七）年である。一〇年以上前のものであるが、今読んでも面白い。

実際には、昭和一二年に『週刊文春』という週刊誌はなかった。『話』という月刊誌があったが、これは現在の『週刊文春』を思わせる手法で編集されていた。

すなわち、ニュース、事件を裏から見ながら喜怒哀楽を絡めて解説して興味を掻き立てるのである。現在の週刊誌の草分けのような雑誌であった。

今はこの種の雑誌は数多くあるが、当時は、ローカルなものとか、販売部数がわずかなものしかなかったから、雑誌好きの読者に『話』は広く読まれたそうである。両雑誌とも文藝春秋社の発行である。

『昭和十二年の「週刊文春」』の編者は、菊池信平となっているが、このような人物は実在せず、初代社長の菊池（寛）と三代目社長の（池島）信平を合成したものと思われる。この本の編集に当たっての遊び心を示していることが感じられる。

『昭和十二年の「週刊文春」』には、『話』の昭和一二年一月号から昭和一三年三月号までの中から、当時の時代の様子をよく表している記事を選んで転載されている。ごく普通の人たちが、当時どのような生活を営み、どのような考えを持ち、何が重要なのかと考えていたかが、手に取るように分かり、大変興味深い。

『話』は、イロ、カネ、チカラ（権力者）のような万人の興味を持つような事柄からテーマを選び、ニュース、事件が起こるたびに、その裏側を取材にして面白い記事にしたのである。

この一書の中で特徴的なことは、前半は上記のような記事で埋まるが、その年の七月七日に起きた「盧溝橋事件」に始まる「日中戦争」で、社会の様相は大きく変わり、この戦争で多くの死傷者を出したので、この戦争に絡む記事が多く扱われていることである。これについては後述する。

その中に、「あの人は今」なるテーマの「上原謙・小桜葉子結婚生活報告書」がある。当時、娯楽は多様化しておらず、映画は庶民の娯楽の中で群を抜いたもので、銀幕のスターは大変人気があった。

昭和一一年のことであるが、松竹の二枚目看板スター上原謙と、可憐な子役から純情派スターとなって活躍していた小桜葉子の突然の結婚は、満天下のファンを絶望のドン底に陥れたと言われる。二〇一五年であったが、福山雅治が結婚した時にも、ファンが落胆したなどと騒いで話題になったが、そんな程度のものではなかったようである。

しかも上原・小桜の結婚は、「できちゃった婚」であった。その時「出来チャッテいた」のが加山雄三である。当時の記者が上原謙・小桜葉子夫妻の新居を訪れ、インタビューしたものであるが、人気絶頂の俳優も家に帰れば、良きパパ、良きママであり、そしてその新居は、意外に質素なものであった、と驚いたことを報告している。

芸能・娯楽面の出来事を、この本や関連する書物の昭和一二年の年表で見ると、若い読者には馴染みが薄いだろうが、この年の一月には江利チエミが生まれている。また、四月には美空ひばりが生まれている。五月には双葉山が横綱に昇進（あの有名な六九連勝の最中のことである）。一二月には将棋の木村義雄が、名人位を獲得して以後一〇年間守り続けた、とある。年表には載っていないが、不肖・私もこの年の六月に生まれている。

当時の「あの人は今」なるテーマで、『出所後の誘惑を懼(おそ)れる「お定」』がある。

男なしでは一晩も寝られない、というのは言い過ぎと思うが、阿部定という芸妓は、愛情とか好意ということ抜きで、多くの男と関係を結ぶ淫乱性が習癖になっていたといわれる。ある時、一人の伊達男・愛人石田吉蔵に「好きだ！」言われたことがきっかけとなって、相思相愛の仲になってしまった。生まれて初めて愛とか、好意ということを経験したのである。

二人は「待合」などで暮らしていたが、蜜のような甘い関係を長く続けられるほど世間は甘くない。そのような事態に至る前に二人で心中をするしかない、と思い詰めることになる。

そしてお定は、合意のうえで男を絞殺した。その後のお定の猟奇的な行為については、ここで書くのは憚られるので割愛する。自分も自殺するため大阪に向かおうとするが、警察の手が回り品川で逮捕された。お定は検察の取り調べに当たって罪悪感に乏しく、具体的な手口の証言では、のろけ話のようなことになるので、ベテランの刑事も当惑したとのことである。

後世にまで伝えられる「阿部定事件」が起きたのは、昭和一一年のことである。お定は包み隠さず、全てを証言するので、裁判はスムーズに進んで、その年に終了した。昭和一二年一二月号には、裁判において、六年の懲役を言い渡した裁判長が、獄中のお定の模範囚ぶりを、雑誌記者のインタビューに応じて説明した内容が載せられている。

お定が、この事件は因果同士の悪縁で、どうにもできなかったこととして諦めようとしていること、獄則をよく守る模範囚であること、出所するまでには、自活できるようになろうとして与えられた手作業を進んで行っていることなどを詳しく説明している。また、記者も出所後は静かに余生を送らせてやりたい、と同情的に書いている。

世間では、お定の出所後は、自分が引き取り、お定を女将にして旅館業などを始めたい、といった申し出が、親戚を通して何件も寄せられたとのことである。世の中には、抜け目のない人がいるものだと感心する。

このように、お定がそこそこの美人であったこともあってか、殺人犯・お定に対する世間の目が寛容というか、むしろ甘かったことに驚かされる。もし、現在このような事件が起きたら、どのように対処するだろうか。裁判長が、自分が判決を言い渡した犯罪人の、獄中での生活ぶりを雑誌記者に事細かに説明することなど、とても考えられない。

およそ現在のプライバシーとか人権、法の順守の考え方では、理解できないことである。時代とともに規範意識が大きく変わることがよく分かる。特異な事件であるが、当時のおおらかな世間の様子を窺うことができて興味深い。

また『話』には、テーマを決めて読者の声を聞く「緊急アンケート人民投票」の欄がある。人民という言葉遣いには、違和感を覚えるが、現在の「読者の声」といったところである。テーマには、「物価高騰で何を節約したか」といった生活に密着したものから、「最近の外交政策について　特に日独協定、日中交渉など」といった政治問題まで、広い幅のテーマが取り上げられている。テーマごとに大勢の読者の意見が載せられているから、全体を見ると当時の様子がよく分かる。

物価高騰については、経済不況の中にありながら、軍事予算が増加してインフレ状態が続き、生活がかなり苦しくなっていることが分かる。外交の「日独協定（後に日独伊三国同盟に発展）」については、その後の成り行きを予言するような鋭い意見もあるが、大多数の人たちは、日独は協調して共産国ソ連に対抗すべきである、と考えている。

後の結果から見れば「日独協定」は大きな失敗に帰したが、当時の国民は支持していたのである。日中交渉については、中国の条約を無視した以前からの排日、侮日政策に倦んで、外務省の生ぬるい対中国政策を批判する意見が圧倒的に多い。

この年の前半の『話』の記事から、『昭和十二年の「週刊文春」』が取り上げているものからは、庶民は容易ならざる事態が迫りくることを感じながらも、芸能、スポーツ、著名人の裏話、お洒落、ダンスホールなどの話題で楽しんでいた様子が分かる。

しかし、この年の七月七日、北京郊外の盧溝橋で起きた旧日本軍と中国国民革命軍との小競り合いから、わが国は予期していなかった大きな紛争に巻き込まれていくことになる。

盧溝橋事件の始まり

ここでは『昭和十二年の「週刊文春」』の後半の記事を参考にしながら、その前後の激動の時代を振り返ってみようと思う。

一七世紀の初め頃から欧米列強は、極東アジアに利権を求めて盛んに触手を伸ばしてきた。

わが国はその恐ろしさを敏感に感じ取り、明治維新という近代化によって植民地化されることは、かろうじて免れた。しかし、中国、朝鮮は、国内の混乱を収めることすらできない状態が続いていた。

欧米列強と日本が中国、朝鮮において安全保障や利権のため、軋轢を生じるのは必然であった。

日清戦争（明治二七・一八九四年）、義和団事件（明治三三・一九〇〇年）、日露戦争（明治三七・一九〇四年）、満州事変（昭和六・一九三一年）以後、日本と中国間で交わされたさまざまな条約、議定書、協定などの取り決めにより、わが国の権益は成文化されていたが、中国では革命外交という条約無視の国策に応じて、排日、侮日の行動が絶え間なく続いていた。中国の各地で邦人への略奪、殺人事件が絶え間なく起こる。中国国内では、国民党と中国共産党が激しい勢力争いをしていた。

「盧溝橋事件」といわれる小競り合いは、昭和一二（一九三七）年七月七日の深夜、演習終了後の日本駐屯隊に中国国民革命軍から発砲があり、三回にわたって執拗な発砲があったため、日本軍も撃ち返した。

しかし、この事件に関するかぎり、負傷者は出ておらず、戦争ゴッゴのような事件であった。その四日後には、両軍司令官による停戦協定が結ばれた局地戦であった。『話』の九月号に若干の言及があるが、大きく取り上げていない。

しかし、これが全ての始まりであって、その後からは各地でさまざまな挑発が続けて起きている。

『昭和十二年の「週刊文春」』の巻末に載せられている『話』の総目次を見ると、九月号以降、毎月のように「日中戦争」に関する記事が多くなっている。

「通州惨殺の惨状をかたる　生き残り邦人現地座談会」（一二年一〇月号）

「盧溝橋事件」からほどない七月二九日、北京近くの街・通州で、日本人居留民二三〇人余りが虐殺された。通州は親日的な街であったが、そこを防衛、保安を担うことになっていた、日本軍の傀儡政権であったといわれる冀東防衛隊が寝返って、突如虐殺に及んだのである。その虐殺の仕方が、目を覆いたくなるような残虐な方法であったので、わが国には暴虐な中国を懲らしめよ、という機運が一層高まることになった。

続いて八月、上海において、「第二次上海事変」といわれる戦闘が起こる。

「死都上海より　祖国の同胞に告ぐ」（一二年一〇月号）など、この「第二次上海事変」に関する記事が多く取り上げられている。

これは、同年八月一三日、上海において、ドイツの軍事指導を受けていた蒋介石が率いる「国民党軍」の日本租界への攻撃に発する日本軍との軍事衝突である。これは、コミンテルンが暗躍して始められたという説が有力とされている。日本軍は、上海での戦闘に苦戦はしたが、「国民党軍」を圧倒して、その後南京までに戦線は拡大した。この戦闘では、日本軍の戦死者四万人、負傷者六万人余りと多大な犠牲を強いられた。
『話』の総目次には、一二月にあった「南京事件」の戦闘についての記事はない。南京陥落時の各新聞社の報道が、どのようであったかの報告だけである。今日問題になっているような「南京事件」については、両軍の激しい戦闘はなかったので、当時問題にもならなかった、ということである。史実に照らせば、「日中戦争」は「盧溝橋事件」、「第二次上海事変」が問題にされるべきものであることが分かる。

実際、「国民党軍」は、上海ではわが国との戦争に備えて、ドイツ軍の指導の下、頑強な戦闘ライン（ゼークトラインといわれる）をつくっていたが、南京にはそのような準備がなかったから、日本軍に攻められたらお手上げである。

南京戦の司令官に任命されていた唐生智が逃げてしまっていたので、「国民党軍」の指揮命令系統は不在となって、残された部隊が個別に戦い、多くの国民党軍兵士は、便意兵（平服に着替え民間人の偽装をした兵士）となってゲリラ戦を戦った。「南京事件」とは主として、この便意兵の掃討のために民間人も殺害されて起こったものである。

この昭和一二年に始まった「日中戦争」といわれる戦争を昭和二〇（一九四五）年まで続けたことの理由については、当時も今も議論されてはいるが、未だに納得がいく明確な答えがない。あまりにも多くの要因が重なっていて、何が決定的な要因であったかは、専門家の間でも考えが異なる。多くの人命と膨大な資材、エネルギーをつぎ込む戦争とは、不思議なものである。

中国に利害関係で、関わりのある欧米列強との軋轢は、大東亜戦争につながることになる。特にアメリカは、わが国を中国での権益に絡んで敵視して、人種差別意識も加わり、途方もない圧力をかけてきた。そして主として、アメリカを敵として戦火を交えることになった。国の存亡を懸けたような戦いに、無残に敗北して今日に至っている。

戦争に関わった国の数だけ「大義がある」と言われる。事実か、事実ではないか、正しいか、正しくないかでもなく、強いか、弱いかだけを判断して大義をつくって行動するという習性が、頭の中心にあるのが、普通の国である。これは世界各国に共通している。これをわれわれ日本人は分かっていなかったし、今も分かっていないように思える。

昭和二〇年から始まる新たな戦争

昭和一二年から二〇年までの戦争に当たっての、わが国の苦闘とか中国、朝鮮そして、それに利害関係が絡む欧米列強やソ連の軍事行動とか、列強の中国への援助などの正当性などは、甲論乙駁で議論は尽きない。わが国のあの敗戦のあと、何を考え、何をしてきたか、そして、それがどんなふうに評価されるだろうか。

戦争直後においては、「勝てば官軍、負ければ賊軍」というお馴染みの格言の通り、支配・被支配体制が敷かれる。しかし、ある年月が経過すると戦勝国、敗戦国のいずれについても、戦争に立ち至った動機が、ある程度だが客観的な立場から見えてくる。戦争を始めるに当たっては、地域の安全、平和のため、自存自衛のためなど戦争の大義を必ず宣言する。したがって、戦争に関わった国の数と同じ数の大義がある。

その大義が正当であったか否かは、または明瞭でないかは、後年になって当時の世界情勢、国内事情、国の指導者の方針や外交資料の公表などで次第に明らかになってくる。

今は、「大東亜戦争」の開戦について関心が薄くなっている。この大戦に至るまでの経緯を考えてみれば、巷間で言われているほど簡単なものではなく、複雑怪奇な裏の事情があったことが分かる。勧善懲悪論、戦場の過酷さの説明ばかりでは、本当の歴史は分からない。

あの戦争の後、もう十分に年月が経過したが、今も軍事だけでなく、政治、経済など全ての分野でアメリカ離れができないでいるのは、なぜなのだろうか。なんとなく自主独立の気概が乏しいのではと感じていないだろうか。しかし、それを深く考える機会は少ない。これはアメリカが、日本を占領中に行ったさまざまな企みが、奏を功しているためではないだろうか。

朝鮮戦争に由来する日米安保

第二次大戦後、朝鮮半島はアメリカが支援する大韓民国と、ソ連が支援する北朝鮮は三八度線を境に分断されていた。昭和二五（一九五〇）年六月、北朝鮮はその境界線を越えて進軍し、ソ連の支援の下に圧倒的な勢いで、八月には半島南端の釜山まで追いつめてしまった。

日本に駐留していたアメリカ軍は、急きょ大軍を編成して、仁川(インチョン)に上陸させて反撃することになるが、このことで、わが国にあった占領軍の基本方針を転換せざるを得ないことになった。わが国には軍隊を持たせないことにしていたが、軍隊が必要なことが分かり、この時、後の自衛隊になる「警察予備隊」をつくらせた。ただ、この時既に、わが国の政治家や高級官僚には、平和主義に徹し、再軍備はしたくないと考える者もいた。

「ポツダム宣言」では、本来日本に駐留するのは連合軍のはずであったが、連合軍は編成されたことはなく、これに代わってアメリカ軍が駐留していた。アメリカは近いうちに日本の独立を認めようとしていた時期であったが、朝鮮戦争の勃発により、日本の独立と同時に、ソ連との軍事的な対抗のため、日本が戦力に関わることが必要であることが分かり、この時決められたのが「日米安保条約」(以下、安保条約)である。朝鮮戦争という緊急事態で、にわかにつくられたこの条約は、アメリカという国の立場より、アメリカ軍の立場からつくられた。

この安保条約では、アメリカ軍は、日本全土のどこにでも基地をつくることができる、日本のどこの上空でも米軍機は自由に飛ぶことができる、日本国内で起きたアメリカ軍による事故、犯罪の調査権はアメリカにある、などとなっている。

ただ、国民感情を考慮して、人口の密集している地域での軍事演習や原爆の持ち込みなどに際しては、アメリカ軍は日本政府と協議することになっている。協議はするが、日本政府に拒否権はなく、最終決定はアメリカ軍が行う。日本が占領されていた時の緊急事態に対応するためであるから、この条約は不平等なものであることはやむを得なかった。

昭和二六（一九五一）年には、サンフランシスコ平和条約の締結に伴い、「安保条約」は確認され、昭和三五（一九六〇）年には、若干の修正が行われたが、基本はまったく変わっていない。

「安保条約」や、それに基づく「日米地位協定」の内容は、政治問題にされることも少なく、アメリカ軍と日本の官僚の間の阿吽（あうん）の呼吸で決められ、改定されている。これは、日本の政治の無力さを指摘されても仕方がないであろう。

そしてあれから七〇年以上経て、情勢は変わった。ソ連はロシアになり、かつてのような露骨な行動はとれない。中国が台頭してきているが、国際的な監視がある。韓国はわが国の経済援助により、江漢の奇跡といわれる経済発展を遂げて、今では強力な軍隊を持つ。また、わが国の当時の軍事力はゼロであったが、その後独立して今は経済大国になり、憲法の縛りはあるが、世界有数の軍事力を持つ。問題は、その後の情勢がまったく変わっているにもかかわらず、この不平等条約の基本が、何も変わっていないことである。

それに朝鮮戦争はまだ決着がつかず、休戦中である。したがって、朝鮮戦争でアメリカが勝つためにつくった「日米安保条約」は、現在でもそのままあって当然である、というのは、ブラックユーモアというものだろう。

朝鮮戦争というと、一般に誰もが連想することは、戦争特需で戦後のわが国の経済復興を促進させることができた、ということであろう。しかし、朝鮮戦争の最中にアメリカ軍が必要に迫られ、方針を一転させて、わが国への戦争協力のために考え出された「日米安保条約」は、わが国の戦後のあり方に、きわめて大きく関わっているのである。占領下での敗戦国イコール戦争犯罪国というトラウマの中で結ばれた不平等条約であるにもかかわらず、である。

日米安保はわが国の安全保障に必要であることは多くの人が認めるところであろう。

しかし、この条約は、わが国が有事の際、直ちに米国が武力行使して、わが国を守ってくれることにはなっていない。武器の補給や情報の提供などはするかもしれないが、武力行使は事実上、アメリカ連邦議会の決議がなければできない。アメリカは関係各国との利害関係を勘案すれば、わが国と共に紛争地域で戦闘に参加することはないだろう。

日米安保に関する思い込み（誤解）とわが国の自立とか自主防衛に関する思考停止は、早急に気付くべきことであるが、これまでの経緯をみれば、この異常な状態は当面続きそうである。平和な時代が長く続き、多くの人たちがこのおかしさを甘んじて受け入れて不感症になっているからであろう。

そればかりか、意図的に議論を避けているのではないかと思われるところがある。昭和三五（一九六〇）年の日米安保条約改定や、昭和四七（一九七二）年の沖縄返還に際して、日米間で交わされた、核の持ち込みや基地の運用に関する密約があったことは疑いようのない事実である。しかし、政府、外務省は今でも表向きは無かったとしている。これを認めると、憲法問題も絡むことになり、これまでの政治の不作為が大きすぎて収拾がつかなくなってしまうからであると思う。これは政治家だけの責任ではなく、われわれがつくった社会の風潮が、政府にそのように言わざるを得ない状況をつくってしまっているのではないだろうか。

このような状況をつくった原因は、アメリカが占領中に行ったＷＧＩＰ（戦争贖罪意識を日本人に植え付けるための実施要項）であり、とりわけ公職追放令が現在でも大きな影響を及ぼしていると思われる。これについては後述する。

きわめて大きな治外法権を認めた、この不平等条約をただちに平等なものに変えることは難しいが、現状に則った平等な条約に改定する努力をすることに、日本国民は本来もっと大きな関心を持つべきものであろう。

明治時代に、不平等条約を必死になって平等なものにしようとした先人たちの気概を、他人事のように見ているのが、現在のわが国の現状である。

一身独立して一国独立す

福沢諭吉は明治新政府ができてから間もなく、明治五（一八七二）年から四年をかけて書き続けて、一七編からなる『学問のすすめ』を出版した。これは明治という新しい時代となって、主権者となった国民の自覚、国のあり方を平易な文章で説いたものであった。

書名は、これを理解するために学ぶこと、考えることが必要だ、といったのである。新しい時代のあり方に戸惑っていた多くの人々の関心が集まり、話題となって大ベストセラーになった。約三〇〇万部が売れたという。当時のわが国の人口は約三〇〇〇万人であったから、一〇人に一人は、この本を買ったということになる。新しい時代への啓蒙書として大きな役割を果たしたのである。

これを今読んでもよく当てはまるところが随所にある。例を挙げれば、

「第三編　国は同等なること／一身独立して一国独立す」

この編では、すべての国は同等であるが、国が独立するためには国民一人ひとりに独立心がなければならないことを説いている。独立心のない者は国とは何かを考えず、他人を恐れたり諂(へつら)ったりする。他人を頼りすぎ、悪事を働くことにもなる。また、近代国家における国民の義務についても述べ、独立心を強く求めている。

この指摘は、現在のわが国がアメリカ依存をいつまでも続けていることを疑問に思わなくなっていることや、隣国との関係でいつも守勢に立たされることを言い当てているようにも思われる。

「第四編　学者の職分を論ず」

この編では、学術を進展させ、民間で事業を起こし、産業を発展させることこそが国の礎になることを説いている。これを主導するのは学者、知識人の責任である。また、国の統治機構を確かなものにしなくてはならない。人材が役人ばかりに偏り、役人の職務の範囲を逸脱して

行うことの弊害を警告し、福沢自身が在野で知識人層を先導する決意を宣言している。

この指摘は、現在でも日米安保や地位協定の実施細目が、アメリカ軍の軍人と日本の一部高級官僚が協議して決めていて、政治家の関与が少ないことを言い当てているように思われる。政治家と、それを選ぶわれわれ一人ひとりの力不足である。


明治時代は、幕末に欧米列強から強制的に結ばされた不平等条約（治外法権と関税自主権）を解消して、平等なものにするために奮闘した時代であった。早急に近代化を果たし、国運を懸けた戦争もして、国際的な立場を列強と並べることにより、自主独立して不平等条約を解消することができた。

現在、ロシアと何回交渉しても、あの戦争の最末期に不法な奇襲によって奪われた「北方四島」が返還されるのは難しいのではないか、と多くの人が感じていると思う。その理由は、わが国が今でもあまりにもアメリカに大きく依存しており、真の独立国ではないからである。

そのような国は、まともな外交交渉はできない。今日、韓国がわが国に高飛車な態度をとるのは、過去の日韓併合に対する怨恨や、わが国に対する経済上の依存度が小さくなっていることもあるが、わが国を真の独立国と思っていないからでもあろう。関係国との問題は、表面に現れることだけではなく、底意にある見えないものによって動かされるものである。

あの戦争は、昭和二〇（一九四五）年八月に終わったのではない。占領軍は、わが国が弱体化するためにさまざまな政策を実施した。いわゆる、WGIP（戦争贖罪意識を日本人に植え付けるための実施要項）であるが、「公職追放令」も、その一つである。

占領軍は昭和二〇年末から、占領政策遂行に当たって、好ましくない人物を公職から追放することとした。各分野の主要な役職にあった二〇万六〇〇〇人余りが追放された。大学、報道機関の分野でも、それまでわが国の立場から骨のある言論を唱えてきたまともな人物は、一斉に追放された。その役職に代わって入ってきた人たちは、その時、占領軍の意向に沿った考え方を持つ学者であった。

当時GHQの民政局の主要な地位の人たちは、ルーズベルト政権が行ったニューディール政策を経験し、社会主義的な思想を持つ人たちであった。彼等が選んで復職させたのは戦前・戦中には解職されていた左翼系の学者たちであった。これらの職業は、長期間続けることができるうえ、その思想を受け継ぐ教え子が、その後に職に就いたり、全国の大学に赴任して教壇に立つから、その思想は裾野が広がる。また、公職追放を免れた学者、言論人にも、進んで占領政策に協力した人たちも多かったと言われる。かくして教育界、報道機関は、WGIPの影響下に置かれたままの状態が続いているように思われる。

私は一〇年ほど前まで、NPOの活動で小・中学校の現場の先生方に接することがあったが、普通の人が考えるとおかしなことが平然と行われていることを見て驚いた。男と女を差別するのは良くないといって、男女混合名簿をつくって使うことにするのである。教室では、先生と生徒は同格であるから、先生が教壇に立って、上からの目線で生徒を見るのは良くないとして、教壇を撤去するのである。現場の先生方は授業がしにくくなり、困っているのであるが、文科省→県教育委員会（以下、教委）→市町村教委→現場の学校、と上意下達で、このように決められてしまうのである。

どこの地域においても、一国で自国の安全保障は担保できないから、どの国も相互の利益を考慮して同盟を結ぶ。極東における、わが国の安全保障を担保するためアメリカと協力することは、現実的な選択として必要であることは誰でも分かる。しかし、何事においても主権が問題となるが、この協力にも自主性がなければならない。

敗戦後のあらゆる面での窮乏状態では、生き残ることに必死であった。衣食さえ、ままならない間は、占領軍のされるがままになっていたことは、やむを得なかった。しかし上を望めばキリがないが、七〇年余りの間の努力で経済は発展して、生活は豊かになった。

今では食べるもの、住むところに困らない暮らしをしながら、さらなる厚い福祉を求め、海外からの観光客の落とすカネに一喜一憂し、消費税アップの損得などで大騒ぎをし、自分に都合の悪い小さな争い事にも弁護士や代理人を立て、大きな声を張り上げたりすることに、テレビは番組づくりの時間稼ぎをし、新聞は紙面を割く。

これもマスコミの役目ではあるが、もっと大事な、人の持つべき自主独立という矜持があることを、マスコミは話題にして、明治の福沢諭吉のような啓蒙活動にもウエイトを置くべきではないだろうか。今は正反対のような報道をしているのをしばしば見かける。

昭和一二年に私が生まれてから三週間後に戦争が始まり、八年後の昭和二〇年の敗戦で終わった。そして、あの敗戦から八〇年近くが経過しているが、敗戦後遺症は延々と続いていて、癒える気配はない。

「吹く風や昭和は遠くなりにけり」と誰かが詠んでも、それを実感として感じられるようになるのは、まだ先のことになるようである。

ポリティカル・コレクトネス

規範意識の実態との乖離

相撲界では以前からしばしば暴力沙汰、八百長、あるまじき態度・行動など、マスコミが大きく取り上げる不祥事が頻繁に起こっている。また、レスリング、柔道、アメリカンフットボールなど格闘技や、それに類するスポーツ界でも暴力、パワハラなどの問題が喧しい。

今、社会の風潮は、暴力、いじめ、わいせつ行為は絶対にいけない、差別はあってはいけない、人権が守られ、平等で公正・中立でなくてはいけないなど、頭の中で考えた理想の社会を実現すべきとして、規範意識が強く求められている。

それが、相撲界をはじめとするほかのスポーツ界から一般社会にまで及んで、実態との格差がだんだん大きくなっているのではないだろうか。

腕力で勝負するスポーツにおいて、相手に大怪我を負わせるような暴力は別にして、暴力は絶対にいけないと考えることに無理はないだろうか。相撲では張り手が技の一つである。レスリング、柔道、ボクシングなどでも、かなり暴力的なことをやらないと勝てない。選手やコーチは四六時中、相手を倒すことを考えているのである。

舞台役者が役に徹すると、その思考・行動パターンが、日常生活にまで持ち込まれるそうである。これと同じようなことが、スポーツ選手にあるだろう。不謹慎と言われるかもしれないが、プロ野球の実況中継を見ている時は、緊迫した投手戦よりも、意図的と思われるデッドボールを受けた大きな外国人選手が、血相を変えて投手に詰め寄り、殴りかかろうとするのを両軍選手が止めに入って、揉み合いになるのを見る方が面白く感じる。

今の社会の規範意識に強く影響を及ぼしているポリティカル・コレクトネスは、一九八〇年代、多民族国家アメリカで、白人、ヒスパニック、黒人などの民族間の差別・偏見を取り除くため、従来使われてきた差別的な用語を禁止して、中立的な用語を使おうという運動から始められた。

例としては、「黒人」（Black）を「アフリカ系アメリカ人」（African American）とした。

このような言い換えは、いろいろな問題点もあるが、取りあえず無用な摩擦を避けようというものである。

「差別的な表現をなくそう」という運動は、これだけに止まらず、人権とか自由、平等の尊重を標榜する人々が、自分たちが考える理念の枠に入らない人たちに対して、言論封殺まがいのことを言い募ることを容認する風潮をつくってきた。これが差別是正に関する活動全般に広がり、事の善悪を極端に分けて悪いことは絶対に許さない、というような全般的な運動に発展して、窮屈な社会をつくることになっている。

今ある習慣や言葉遣いは、これまでの長い間の積み重ねによってできたもので、それなりの理由がある。悪習もあるが、変えがたいものも多くある。

現実の世界は、観念的な理想的な世界と一致するものではない。

用語の言い換え

従来使われてきた用語が、ポリティカル・コレクトネス（以下ポリコレと略記）の概念により、当該者にとって差別や不快である、と受け取られて意図的に書き換えられている。言葉や用語は、誰が決めたというものではなく、自然発生的に生まれたものであるから、これを人為的に変えるということは画期的なことである。この改定は、法律の改正や、自治体の公文書での採用などで行われる。

医学用語については、多くの人が納得することができるような書き換えがある。例としては、
痴呆症　↓　認知症
らい病　↓　ハンセン病
精神分裂症　↓　総合失調症
などがある。私見であるが、患者のみならず、周囲の関係者にも刺激が少なく、このような人たちに接する時、構えないで済むことができるようでありがたい。
一方、男女の区別に関する用語の書き換えには、疑問符がつくものが多い。例としては、
看護婦　↓　看護師
助産婦　↓　助産師
保母　↓　保育師
女優　↓　俳優
などがある。
婦という女性であることを表すことが、なぜ、差別なのか。単なる区別に過ぎない。病気の時、看護婦さんに看護、介護してもらえるのは、緊張が少なくなり、ありがたいことがある。赤ん坊や病人に対する時、男性とは異なる、女性特有の本能による接し方を有しているからであると思う。男性の看護師は「看護士」でよいのではないか。あえて男性、女性とも、看護師とすることは疑問に思う。

助産婦の資格は、女性だけに与えられることになっている。これも、助産師と書き換える必要はないと思う。保母についても同様である。男優という言葉はあるから、女優があってもよさそうに思えるが、女性を示す女とか、婦という語句は、なぜ、いけないのか、理解に苦しむ。繰り返しになるが、区別と差別とを混同している、このような言い換えは、不自然に思うのであるが。

言語の機能と本質を無視するこのような書き換えは不自然に感じる。アメリカ初のポリコレに乗じて、変えることが良識であるとするのはどうかと思う。

言葉狩り

山田洋次監督の映画『男はつらいよ』のテレビ放映の前に、「この映画には放送上不適切なセリフがありますが、原作者の意向を尊重してそのまま放映します」という意味のテロップが流れる。普通に考えて不必要なことと思うが、寅さんのセリフに良くない点があるといってクレームをつけられ、トラブルになることを恐れて予防線を張っているようである。

これはポリコレ意識が働いて、自己規制になっている。これが当たり前になると、表現の制約になって、奥の深い芸術作品をつくりにくくするようになることが案じられる。

言葉狩りは昔からあった。中傷したい相手の言っていることの本論の中から、一部の不適切とされる言葉を切り取って、全体的に問題だ、として騒ぎを起こすのである。

ポリコレは、この言葉狩りを正当化して言葉狩りをするのが、当然であるかのような空気をつくりやすくする。これが正義の味方であるかのような風潮をつくることがしばしば起こる。

数年前、某有力大臣が宇都宮でのある会合で、集団的自衛権に言及した際、いじめを譬えに出して、「勉強ができない、けんかが弱い、金持ちの子、これがいちばんやられる」と述べ、わが国は軍事力を持っていても使えない、金は持っている、いじめのような集中攻撃を受けやすいのは日本である、と持論を展開した。

翌日のほとんど全ての新聞、テレビでは、「この大臣が特定の条件が揃った子どもがいじめの対象になると断言して、いじめを助長することになる。いじめが深刻な社会問題になっている中、大きな波紋を呼び起こすことになりそうだ」と報じた。今、わが国を取り巻く安全保障環境が厳しくなっていることを説明したのであるが、これについては何のコメントもない。

本質を報道するのではなく、譬えに出した「いじめの問題」を切り取って、今の政権のイメージを悪くして、早く退場させるため紙面をつくり、映像を流しているように見える。

近いところでは、二〇一七年の総選挙の際のことである。小池百合子都知事が政治塾で新人候補を集め、当時の民進党と組んで大きな勢力になる新党を立ち上げるため、さまざまな活動を行ったことは、記憶に新しいところである。党名、政策綱領を決め、衆議院の半数を超える候補を立てることになった。マスメディアは好意的に大きく取り上げ、「希望の星」のような扱いをした。

小池氏を厚化粧の大年増と悪口を言う人もいたが、個人的には私も、小池氏が取り立てて騒ぐほどの政策に違いがなく、政治を透明化するというだけの派手な劇場型選挙には、違和感を覚えていた。

候補者の最終的な詰めの段階に入って、記者会見の席で一人の記者から、新党には全ての希望者を候補に入れるのか、それとも国の安全保障や憲法観などの根幹の部分で考えに違いがある人は排除するのか、という質問があった。

小池氏はこれに対して、基本的な政策に違いがある人は「排除します」と答えた。また、そのような人は、アプライ（応募）してこないのでは、とも言った。新党の結成には、政治信条を同じくする者が集まらなければ成り立たない。当たり前のことであり、基本中の基本でもある。それまでの民進党は基本政策を厳しく問うことなく、考えの違う議員の寄せ集めであったため、党としての政策綱領をつくることさえできなかった。

どのような状況下においても、政治家として政策に関して一貫性を保つことは、最も重視されなければならない。小池氏はいろいろな党を渡り歩いてきたが、この時の新党結成には、これまでの多数派工作のような不純な動機ではなく、党の一貫性を持たせるため、信条の異なる人を排除するということは歓迎すべきこと、期待されるべきことである。

しかし、この「排除します」の一言が、マスコミの人々に看過できない問題と思わせたのである。それまで「希望の星」のように扱っていた小池氏を翌日から、高慢な女として「みどりの狸」呼ばわりすることになった。一夜にしてマスメディアが味方から敵に変わってしまった原因には、私は納得がいかなかった。小池氏がいつも選挙では悪者を仕立てて、自分の良さを目立たせる劇場型選挙に疑問を持っていたのも原因の一つかもしれない。しかし、こんなことは、初めから分かっていたことである。

当時、民進党の議員は、総選挙で勝ち残るためにどのような説明をしたらよいのか、どの党に属するのが有利なのか、疑心暗鬼の状態であった。新しい党に移って、それまでのイメージを変えたい、と考えた議員が多いことは、それまでの経緯から容易に推定できた。しかし、小池氏の「排除します」発言で、その党に移れない議員も多くなることになった。マスコミには、この弱い立場に立たされた議員に対する同情の念が強くあったのであろう。

マスコミの言葉狩りは、常に弱者に対する思いやりが足りない、あるいは、まったくないという意識のもとに行われる。本質論を避けて、弱者への差別的とされる言葉の一言で、風潮を一変させてしまう。このようなことが起こるのは、一般に表面的だけであるというものの、ポリコレの概念があたかも正しいとすることが、社会全体に浸透しているためであろう。

ポリコレ概念のイデオロギー的利用

このところ(平成三〇年一〇月初旬現在)、衆議院議員の杉田水脈氏が月刊雑誌に書いた「L

GBT（レスビアン、ゲイ、バイセクシアル、トランス・ジェンダー）には生産性がない」という表現が差別的で、性的少数者に苦痛を与えているとして、杉田氏を糾弾していることが、マスメディアで大きく報道されている。

インターネットで見ることができるので、話題の杉田氏の論説『「LGBT」支援の度が過ぎる』を読んでみた。その内容の要点は、以下の通りである。

1. LGBTに関する報道が多い。特にリベラルなメディアに多い。
2. わが国では、キリスト教やイスラム教の社会より同性愛者に対して寛容であった。
3. LGBTの人たちは、社会的な差別より親が理解してくれないことがつらいという。
4. メディアはLGBTの人たちの「生きづらさ」を社会的制度のせいにするが、誰にとっても世の中は生きづらく、理不尽なもの。LGBTのために税金を使うことには疑問。彼ら彼女らは、子どもをつくらない。つまり生産性がない。
5. Tは病気であり、治療などの対応が必要。
6. マスメディアがLGBTを正当化するような過剰な報道をするのは問題。同性婚を認めれば、親子婚、兄弟婚を認めろなどの声が出てくる可能性がある。

全体のトーンはもちろん、題名の通り特別な税金を使うことに疑問を投げかけている。現在の社会風潮を勘案すれば、性的少数者、または、その擁護者からは反発を受けると思われる言葉遣いもあるが、性的少数者を差別したり蔑視するような記述はなく、日常生活では普通に付き合えることを述べている。

この中で、子どもをつくることに対して、生産性という用語を使うことには、違和感はある。普通、生産とはものをつくる時に使う言葉であるからである。テレビの報道で、障害者や弱者に関する報道が多いことは私も感じていた。

生産性という用語について気になったので、やはり杉田氏の論考を読んだ藤岡氏の『LGBTと「生産性」の意味』（新潮45／二〇一八年一〇月号）を読んでみた。それによれば、上野千鶴子氏（元東大教授、マルクス主義フェミニスト）の著書で、「ヒトの生産」「純再生産性」なる用語が使われていたり、マルクスもその著書に、生殖行為を「他人の生命」の「生産」と書いているという。ほかにも探せば、子どもをつくることに対して「生産」という言い方をしている場合があるように思う。前後の文脈で、新しいものをつくる時、生産というのは、分かりやすい言葉であるからである。

杉田氏に対する週刊誌、テレビ、新聞での誹謗中傷は、異常なほど激しい。ネットには、とても見切れないほどの多数の非難、中傷がある。しかし、そのほとんどは、杉田氏の雑誌の論考を読んでから発言しているのではなく、ほかの記事を見て感情的に反発しているようである。少し時間をかけてネットを検索すると、杉田氏の言動を肯定する意見も数多くある。そこには、杉田氏のこれまでの活動について説明されている。テレビでは、このことに触れるのを見たことがなく、一方的な非難一色で偏りを感じる。

なぜ、杉田氏が使った「生産性」という言葉で、ほとんど全てのメディアで、猛烈なバッシングが起こったかは、杉田氏のキャリアをみると、その原因が理解できる。杉田氏は西宮市役所に勤務していた時、共産党系労組の横暴さや、既得権益保護の不当さに疑問を持ち、行政内部からの改革運動に参加した。

そして「みんなの党」を立ち上げた渡辺喜美氏らに勧められて政界に入った。国会議員としては、科研費の政治活動への流用、過激派団体の不適切な資金集めなど問題点を取り上げている。次の総選挙に当たって、不利になるようなことはやらない、言わない議員が多い中で、杉田氏は損得勘定なしに、不当な既得権益の是正に取り組んでいる。

国際的な活動では、わが国の左派系と、朝鮮半島、大陸の活動家が二〇年以上にわたって、国連人権理事会（ジュネーブ）で「日本軍の従軍慰安婦問題は、ナチスのホロコーストに匹敵する戦争犯罪である」という虚構を広めてしまっているが、杉田氏はこの人権理事会で、スピーチをする機会をつくり「クマラスワミ報告書は、吉田清治の嘘がベースであり、すぐに撤回して再調査をすべきである」ことを陳述した。会場は騒然となり、国連人権理事会に大きなインパクトを与えた。人権理事会の委員たちは、従軍慰安婦が報酬を得ていた買春婦であることを知らなかったとの報道も見たことがある。

以下は私見であるが、これまでの活動家とマスコミの連動という行動パターンから、容易に推定できることである。国連人権理事会で二〇年以上にわたって、売春婦を従軍慰安婦と言い換え、さらに性奴隷であったとして騒ぎを大きくしたわが国、朝鮮半島、中国大陸の活動家にとって、杉田氏の行っていることは黙って見ているわけにはいかない。それでは、自分たちが長年にわたって人権理事会に吹き込んできた努力の結果が、水泡に帰してしまうことになる。

そこで、杉田氏を潰せ、として機会を狙っていたのであろう。杉田氏が雑誌に書いた「生産性がない」を取り上げて、議員辞めろコールのデモを繰り出し、ネット、テレビ、新聞、週刊誌で騒ぎ立てているのである。

なぜ、マスメディアがこれほどまで騒動に加担するのか疑問に思うかもしれないが、マスメディアは元来ポリコレを言い募ることを繰り返していて、先にも見たように言葉狩りを得意とするところである。杉田氏の言動とは反対の立場にいるから、ネットでの炎上を渡りに船として、大騒ぎをするのである。

男性・女性の役割分担、格差についての考え方、税負担の是正など本音で議論したい、と思っている議員は多いはずである。しかし、ポリコレの概念にそぐわない時は、今回の杉田議員へのバッシングのような状況をつくりかねず、次の選挙のことを考えれば、多くの議員は言い出さないから、これらの議案は埋没してしまっている。

事案の内容を、必ずしも誰もが是認していない既定の基準で判断して、善悪を言い立てるポリコレは、進めるべき議論の停滞を引き起こしている。

ポリコレとマスコミ

毎朝、購読している新聞を見ながら、不思議に思うことがある。たったの二四時間の間に、これだけ多くの記事を集め、文章化して、編集、印刷、仕分け、輸送をして、各家庭の郵便ポストに配達してくれることである。昨夜、プロ野球の実況放送が時間切れで放送中断されたが、その試合の最終結果が載っていることもある。

テレビをつければ、真夜中は別として、各局とも必ずなんらかの番組を放映している。新聞、テレビは四六時中、紙面を埋めるため、休むことなく番組をつくって放映するためのネタを追い求め、探している超多忙な稼業でもある。

そしてその内容は、できるだけ多くの読者、視聴者にとって面白く、肯定されるものにすべく細心の注意を払わなければならない。新聞の三面記事やテレビのワイドショー、解説、論説は、特に読者、視聴者の好感、関心に合わせないと、販売部数、視聴率に影響するから、勢い一般の人に迎合的な内容になりがちである。誰も反対できない、当たり障りのないことが要求される。自分たちは差別があってはならない、平等であることに賛同する、人権・プライバシーを尊重する、権力に阿(おもね)らない、ないしは反権力などの姿勢をとる。マイノリティに対しては優しくなくてはならない。

人は誰でも善悪の判断は容易にできるが、聞いたことのある情報を基に、どちらかの意見を持つ。マスコミは事実（事象）や、人物の行動について、善悪を明確にして興味を引きつけるため拡大して報道する。そしていつも正しい側に立って間違った側を激しく糾弾する。いつも正義の味方なのである。さらに困ることに、嘘をついてまで正義の味方を強調することが、しばしば起こる。その結果、社会全体に、または国際的に修復困難な傷を負わせてしまったことは、枚挙に暇がないほどである。

物事には、光の部分と影の部分が共存しているのが普通である。新しい道路を造れば交通は便利になるが、沿線の人は騒音や排気ガスで迷惑する。高齢者の税負担を軽くすれば、若年者への税負担は重くなる。人の心も複雑で、慈善団体にたびたび寄付をする人が、三月の確定申告に当たっては、節税なのか脱税なのか分からないようなことをして、税務署とやり合ったりする。双方を過不足なく説明することは難しく、どちらかに偏ったものになる。

マスコミの報道姿勢は、ポリコレの概念とオーバーラップするところが多い。いつも批判する立場に立つ、いつも弱い方に味方する、弱者は常に正しく純真である、善悪を二分して大袈裟に報道する、場合によっては問題を捏造する、などである。

ポリコレの発祥地のアメリカでは、ようやく一般大衆が行き過ぎたポリコレに対して、疑問を懐く（いだ）ようになっているようである。二〇一八年の大統領選挙では、ポリコレに沿った発言をするクリントンを避け、ポリコレに反することばかり発言したトランプを選んだ理由の一つが、その傾向と考えられている。トランプのアメリカ・ファーストの政策は、問題点も指摘されているが、マスコミの報道はフェイク（偽物）ばかりという点は、かなり的確な指摘だと思う。

わが国では、現在もポリコレを信じて疑わない人々が大勢いる。マスコミの世界では、ポリコレの概念が支配的である。いわゆる知識人と言われ、マスコミに出てくる学者、ジャーナリスト、コメンテーター、キャスター、教育者、役人の多く、そしてリベラル系の政治家は、競ってこれに沿うような発言をする。

リベラル系の政治家が言うことが正しいと国民が判断するなら、選挙をするたびに、その勢力は増加するはずであるが、いっこうに増加しない。世論を動かすことに影響力が大きいと言われるこれらの人たちの言論は、不思議なことに影響を及ぼしていないようである。わが国の選挙民は、どうもポリコレを嘘話であると、見抜いているかのようである。前述のようにアメリカでは、三〇年以上の経験の下にポリコレの怪しさに気がつき始めたようである。アメリカの「ポリコレ疲れ」と言われる。

わが国では、大多数の人たちが、お上（かみ）がポリコレ、ポリコレと騒いでいるので、取りあえず聞いておいているが、初めから信じていなかった、または、必要ないと思っていたのではないだろうか。その理由は、アメリカのような多民族国家ではないためか、格差もそれほど大きくないことによるのか、わが国の民度の高さを示すものか、いろいろあるだろう。

毎日、テレビ、新聞から多くの情報を得ているわれわれも、心しておかなくてはならないことのようである。

民主主義を考える

戦後民主主義

現在八〇歳以上の年齢の人たちが経験したことであるが、終戦の年（昭和二〇年）からしばらくして、小・中学校で急に民主主義という言葉が使われ始め、実際に民主主義教育を実行しようということになった。

例えば、学級の話し合いや生徒会では、必ず全ての生徒が発言をするように指導された。実際には時間の制約があって、そのようなことはできなかった。「発言の順番は回ってこなくても、必ず発言を求める挙手はするように」と言われたこともあった。生徒会では、次の学校行事はこのようにしようなどと調子のよいことを言う生徒に同調する雰囲気になっていた時、本当にそれは実行できるのか、疑問に思ったことを覚えている。

わが国の現在の民主主義は、あの戦争の降伏の条件として受諾したポツダム宣言に基づいて、また、占領のドサクサに乗じて、その宣言に書かれていない「国際法」に違反した方法によって、ＧＨＱがわが国に教え込んだものである。検閲、焚書（ふんしょ）や憲法制定は、それにあたる。わが国は七年近くに及ぶ占領政策のＷＧＩＰ（War Guilt Information Program：戦争についての罪悪感を日本人の心に植え付けるための宣伝計画）を素直に受け入れて洗脳され、自立心を削がれてしまったように思われる。

ＷＧＩＰがあまりにもうまく遂行された背景には、戦争中と、始まる数年前からの厳しい統制と、戦争遂行のためとはいえ、兵士の命をあまりにも軽く扱ったという負い目もあったと思われる。さらに、それ以前の大正末期から昭和にかけて、国体のあり方についての自由な議論に対して、右翼社会主義者、文部省（当時）などが不当な弾圧を加えたという反省すべき点もあった。また、厳しい国際競争の中にあって、独立を守るために多額の軍事費を要し、社会の弱者救済施策が後回しにされたという社会の歪みもあった。

戦後民主主義は、それぞれの意見を出し合って多数決で決めて、決まったあとは全ての人が、それに従って物事を進めるということになっている。ただ、多数決で決めた後の、賛成した人、反対した人がどのような心掛け・気構えで事を進めていくかは、複雑な思いを持っている場合も多い。内心は反対という人の本音が出て、いろいろな局面で仲たがいが生じ、場合によっては敵対するという恐れを孕んでいる。

民主主義は本来、このような大きな問題を持つものであるにもかかわらず、戦後民主主義は個人の権利や利益を言い募ることを奨めさえする。

戦後民主主義は、国民が主権者であることを強調する。事実上ＧＨＱがつくった「日本国憲法」の前文には「ここに主権が国民に存することを宣言し…」と書かれている。主権とは、全ての物事を決定することができる最高の力のことである。一人ひとりに主権があり、これを主張できるということである。

主権を持っているとは、身近な問題でいえば、自宅の近くに保育所をつくること、公共施設をどこに、どの順番でつくるといったこと、イデオロギーを含む問題まで考えれば、近隣諸国や米国との外交を、どうすべきであるかといったことまで、決めることができることである。その通りにならなくても、少なくとも、主張することはできる。

しかし、誰も全てのことを知りつくし、考え抜いたうえで主張しているのではなく、テレビや新聞で見たことや、知り合いから聞いたことを基にして主張することが普通である。そして、それらの主張をし合うということは、ますます問題解決を難しくすることになる。

このように、本来民主主義は社会をばらばらにするような遠心力が働くものである。民主主義をうまく機能させるためには、なんらかの求心力を持たせる仕掛けが必要となる。

アメリカでは民主主義を機能させるため、国に対する忠誠心を強要する。国旗、国歌に対する敬意を示すことを求める。建国記念日（独立記念日、七月四日）には各地でさまざまな催し物が開催され、盛大に祝う。そして愛国心を高めるのである。日本では、アメリカ製の民主主義を取り入れているにもかかわらず、このようなことはできない。わが国では国に対して、忠誠を誓うことは、多くの人が違和感を持つ。わが国では違うやり方で、社会をまとめることを考えなくてはならない。

ところが、ブログで「保育園落ちた、日本死ね！」とか「アメリカ軍は沖縄から出ていけ！」といった感情的な言葉があふれたり、街頭で新しい高齢者医療制度について問われたお年寄りが「年寄りは死ねというのか！」と言ったり、街頭のデモの演説で「安倍総理をたたき殺してやる！」（某元北大法学部教授）など、やはり衝動的な発言をメディアは、たしなめることがないばかりか、民主主義の発露などと思っているかのようである。彼らは民主主義を実践しているのだ、と自負しているのだろう。

しかし、それは戦後民主主義であって、あるべき民主主義ではない。戦後民主主義は多くの似非正義漢を育てた。

メディアは彼らの行為を正すのではなく、喜々として話題にして時間を費やす。このような似非正義漢とマスメディアは、持ちつ持たれつで戦後民主主義の中を泳いでいるのである。

戦後民主主義の全てが悪いわけではない。権利、自由、平等などを強調するだけでなく、国民としての義務も考えて調和させることも考えなくてはならないと思う。国民には発言する権利もあるが、自分も社会を構成している一人である、という自覚がなくてはならないだろう。

しかし、GHQがいなくなってから久しい。世界情勢は大きく変わった。深く考えることもなく平和を唱えていれば平和は守られるという勝手な思い込みは、間違っていることに気がつく人も多くなった。

民主主義のあり方

前述のように、国民一人ひとりが主権を持っていることになっているが、現実の問題として主権とは、どのようなものかを考え直すことが必要である。民主主義を念頭に置いて発言する時、お上に対して物事を申し立てる、という意識が働いている。しかし、議会制民主主義下では、われわれの代表者が物事を決めることになっているが、その代表者はわれわれの分身であるから、われわれは実はお上の一部でもある。本当はみんな当事者であって、特定の権力者の下で支配されているのではない。

言うまでもなく一八歳以上の者は、全員主権者である。言葉の上では国民一人ひとりが主権者であるということはしばしば耳にするが、本当の主権の意味を考えていないことが多い。主権とか議会制民主主義とは、どのようなものかという意識を、できるだけ多くの人が認識するような啓蒙が必要である。

このような啓蒙をマスメディアが行えば、理解は広がるはずである。残念ながら現在のマスメディアの大多数は、国と国民は対立するものとして、国は民意に従えと囃し立てるが、その民意を良質なものにすることはほとんど考慮しないから、これに期待することはできない。社会の木鐸としての使命を果たしていないばかりか、似非民主主義を吹聴している。頻繁に世論調査をして、その結果を盾にとり、民意であるからこれに従えと騒ぎ立てるのは、その例である。

民主主義は戦後、アメリカから教えてもらったとされることもあるが、それは戦後民主主義であって、本来こうあるべき、と考えられる民主主義ではない。本当の主権者はどうあるべきかという教育は、他人任せで済ませていることはできず、一人ひとりが心掛けなければならないということである。

わが国の長い歴史を見れば、わが国特有の素性のよい治政が行われていたことが分かる。これはさまざまな民族が同化して他国と海を隔てた日本列島で何万年という長い年月を住んでくることができた、ということが幸いしている。ほかの地域の歴史に比べてみれば、わが国では君民共治（くんみんきょうち）の人民に思いをいたした治政が行われてきたといえる。

例を挙げればキリがないが、歴史教科書にも必ず出てくる、聖徳太子の「一七条の憲法」、鎌倉時代の北条氏による善政、江戸時代の庶民の文化、幕末のペリー来航時の老中阿部正弘の衆議、「五か条の御誓文」、大正デモクラシーなどなど、いつの時代にも素性のよい民主制が、いわば自然発生的に生まれていることが分かる。

アメリカ製の自己主張を勧めるような民主主義ではなく、社会の中でどのように行動するかを、生まれながらにして身につけた人々の民主主義である。その姿は図らずも、平成二三（二〇一一）年三月一一日に起きた東日本大地震の際に、被災者が共同体意識を持って行動したところに表れ、世界中の人々を驚かせた。

民主主義でいう衆議の本来の目的は、最良の方策を見いだすことである。多数決も一つの手段ではあるが、必ずしも最良の手段ではない。自由、人権、平等を求め続ける民主主義が、普遍的に価値があると思い込んでいるが、その時の風や空気で支配されて、混乱を招きやすい民主主義でもある。

平成のソクラテス

世界史の中で民主制の大きなエポックを画すこととなったのは、次の三つとされている。

①古代ギリシャの都市国家（特にアテネ）の民主制
②一三世紀からのイギリスでできたコモン・ローによる民主制
③一八世紀末のフランス革命、アメリカ独立宣言の理念による民主制

である。

わが国における現在の戦後民主主義は、フランス革命、アメリカ独立宣言の理念に基づき、自由、人権、平等などを至高のものとする民主政治である。

戦後民主主義が最も尊重する多数意見が正しいとはいえない。多数意見は、巧みな弁舌で特定の課題をクローズアップして、いわゆるデマゴーグで喚起されて熱狂的な空気でつくられることがある。法律的には何の問題もない民主的な手続きによって選ばれ、ナチスのヒトラー政

権は、圧倒的な国民の支持を受けて生まれている。

②のイギリスにおける「コモン・ロー」による民主制は、保守の立場からすれば、適切な民主主義を実現するために最も現実的なものと思われるが、ここでは触れない。

紀元前五世紀のギリシャの都市国家アテネの民主政治は、近隣のスパルタ、マラトンなどの都市国家や、ペルシャとの戦争に勝ち抜くために生まれたものである。当時は財力を持った平民、農民たちが自前の装備で戦争に参加していた。だが、戦争に負けてしまったら無一文になるばかりか、最悪の時には、奴隷にされるか殺されてしまうわけであるから、戦争に勝つための計画に発言力を求めて、政治に関わることになったのである。

そして、多くの市民が、政治に参加するようになると、次第に全ての人が平等であることが重視されるようになっていった。これは、それまで僭主政治（武力などの非合法の手段で支配者となった君主による政治）だったからである。抑圧的な酷い政治が行われていたので、いくら有能な人物であっても、特定の人物に政治を任せると権力が集中して何をされるか分からないとして、これを極端に嫌ったからである。

アテネでは市民権を持つ一八歳以上の男子による民会や、民衆裁判所がつくられた。役人、裁判官は市民の希望者の中から、くじ引きで決められた。役人は長く続けると、関係者との癒着が起きるからとして、一年で交代することになっていた。公職に就く者をくじ引きで選ぶことについては、アテネの平民も識者といわれる人たちも当然のこと、神の選択と考えていたようである。

ソクラテス（今では大哲学者と言われているが、当時のアテネでは奇人であるとして嫌われていた）はアテネにおいて、民主主義は衆愚政治に陥りやすいこと、専門知識を持たない役人では、効率の良い行政はできないこと、専門知識を持たない裁判官では、公平な裁判はできないこと、最善の政治は選良・賢人の話し合いで行うべきと説いた。

また、多くの人が博識であると思っている人間が、大した知識もなく思慮に欠けていると、露骨に非難して恨みを買った。ソクラテスの考えに同調する青年が多く出てきて、政治の混乱が予想された。ソクラテスは言動を慎むように迫られたが、応じなかった。当時のアテネの権力者、哲学者、芸術家などの有力者から告発されて、裁判を受けることになった。市民からくじ引きで決められた五〇〇人の陪審員による二度の裁判でも、陪審員や告発者の気持ちを逆なでするような弁明をして死刑判決を受け、毒杯を仰いで死んだ。

わが国の現在の戦後民主主義も、アテネの民主主義と類似点が多い。権力を悪いものと決めつけること、過度に平等を重んじること、多数決を至上のものと考えることなどである。一般の国民からくじ引きで決められる裁判員裁判も、一脈通じる考え方があるように思える。アテネから二五〇〇年経った今も市民、国民の心は、あまり変わっていない。

マスコミの世界では、戦後民主主義は今でも主流である。自由、人権、平等をあまりにも尊重して、普遍的価値であるかのように考える現在のわが国の民主主義に異論を唱える人もいるが、少数派である。長谷川三千子、佐伯啓思氏などの哲学者・経済学者たちは雑誌、著作で現在の民主主義の問題点を指摘し、民主主義のあり方の啓蒙をしているが、その考え方の大きな広がりは見られない。

しかし、戦後民主主義に異議を唱えるわが国の少数派が、転向を迫られたり、裁判にかけられたりすることはない。この点だけは、アテネの民主主義に比べて進歩したといえるだろうか。

侏儒（しゅじゅ）のつぶやき

権利と主張のバランス

頭の体操であるが、全知全能の賢人がいて、この賢人が私心なく社会の統治、運営を行うということになれば、その社会に根源的な問題点は生じずにうまく統治がなされるだろう。この賢人に主権を預けて行使してもらうのである。末端の些細な問題点がなくならなくとも、大きな不満はその社会に生じないだろう。

このような賢人は存在しないから、今は多くの国で国民が主権をもつことになっていて、代議員制による政治を行っている。この民主制では、物事は全ての人が意見を出してから多数決で決めて、決まったことに全ての人が従うことになっている。建前通りにいけば問題はないはずであるが、人の心は複雑で決まったことに必ずしも従おうとはしない。決めたことが初めから道理に適っていないこともある。

国民が主権をもつとはどういうことなのか、十分に理解しないまま主権をもっているため、いろいろな矛盾が表れてくる。多くの思想家が、主権とは何かについて考察しているが、端的にいえば「自ら法をつくることができる絶対的な権力」ということである。いうまでもなく法を変えることも含まれる。

主権をもつものが法をつくったり変えたりすると、どのような結果になるか、その結果の責任ももたなくてはならない。一人ひとりの国民が主権をもつのであるから、ある主張をするときには、その主張が実現した時どういうことになるかまで考えてなくてはならない。この認識が欠けていることがさまざまな騒動の原因になる。

今、多くの人が現在の社会の有り様が何かおかしいと感じていると思う。この違和感は、こうあるべきというイメージと、現実との乖離が大きくなってきているからではないだろうか。この何か変だという違和感は、普通の市民の価値観、古くから自然に伝えられてきた価値観と今主要なマスコミで唱えられる価値観とのズレが大きくなってきているからであろう。

節目の年ごとに、あの戦争とは何であったかを反省して問いただすことに騒がしいが、かなり一面的な観点から語られることが多いように感じる。

昭和二〇年の敗戦後からの七五年間は、自由・権利、経済性の重視、身の安全、絶対的な平和が強く主張されてきた。しかし、それを担保するために何をしなければならないかを深く問われることは少ない。権利の主張・確保とそれを守るための準備はバランスがとられていなければならないが、自己主張はされるがそのような主張が通ったとき社会全体がどうなるかという観点が隠されている。自分の都合だけを考えて行動することは本来恥ずかしいことであるが、自己主張することが当たり前、正しいと勧められることのような空気ができてしまったように感じられる。

終戦の時、私は国民学校の初等科二年生であったが、その時から突然自分の意見をはっきり言うようにと教わった。意見を言うことが民主主義の基本であると教えられた。ただ、その時、どの程度の知識や考えのもとで、そう言うのかについて自覚しておくべきかは、教えられなかった。

偏見という言葉は一般には偏った一面のみを見たものを指す。しかし、考えてみれば物事を調べて説明しようとしても、規模の大きな出来事であればそれに至るまでの無数の背景と関係者の思惑、実際に起きたことが重なっていて、物事の全てを説明することは事実上できない。有限の字数や時間で行われる説明は必然的に一面的なものになる。

この偏りが、自然に偏っているのか、意図的に偏らせているものかは、明確に区別しなければならない。物事の説明は偏見でしかないという自覚があって初めて、主張する意見の偏見の度合いを小さくする。にもかかわらず今は、自分の意見が唯一絶対に正しいような言い方をする。考えなければならないことと思うが、そのような指摘を聞くことはない。

断定的な発言が許される唯一の例外は、政治家の発言、演説だろう。政治家は反対勢力と論戦して選挙に勝って、初めて政策を実行できるという職業であり、限られた時間の中で、多くのことを訴えなければならない必要性から、断定的な言い方は仕方がないと思う。私が当選すれば財政を健全化しますとか福祉を格段に充実します、などと言っても、誰もそれはできないだろうと思いながら聞いている。いまは多くの人が政治家の言い方の真似をしている。しかし、それ以外の人はそのような物言いは、するべきでないと思う。

医療制度について

一九七〇年代には、高齢者に優しい医療制度があり、七〇歳以上は原則無料であった。高齢者は体のどこかに、多少の不具合が現れるのが普通である。街の病院の待合室が、高齢者のサロンのようになって、常連の高齢者の患者の間で、「今日いつものあの人が来ないが、どこか悪くなったんじゃないの」と言い合っているというブラックユーモアも聞かされた。

人口構成がピラミッド型から釣り鐘型へ、さらに逆三角形のピラミッド型に変化しつつある。医療費が財政を圧迫して、いずれ破綻するのではないかと心配になる。選挙の時期になると、福祉政策を訴えて当選する議員は多いが、言うまでもなく、それら議員が解決できることではなく、選挙民一人ひとりの理解とか覚悟が必要である。

わが国の医療制度では、国民皆保険制度が確立されていて、治療費のことはあまり心配せずに随時、必要な治療が受けられる。われわれは生まれた時からこの恩恵を受けているので、当たり前のように思っているが、この制度は世界的にみて稀有なもののようである。平均寿命、健康寿命とも他国に比べて高いのは、この制度によるところが大きいと思う。社会保障制度が高度に進んでいる北欧のスウェーデンやフィンランドは例外であるが、これらの国では税金・社会保障費負担は五〇〜七〇%ときわめて高い。

今の制度は人口構成が若年層が多いピラミッド型の時につくられたものであるから、現在のような高齢者が多い人口構成になれば、当然問題が出てくる。早急に直さなければならないのは世代間、または、職業別の保険料負担の不公平感の是正である。世代間で不公平になるのは、年金制度についても同じである。年金の場合、是正には長期の展望が必要で、かなり難しい問題を含むが、健康保険制度での利害関係は、今現在のことであるから理解が得られやすい問題である。年をとれば長期の旅行やその他の娯楽も体力的にできにくくなり、病院通いが増えるのであるから医療費負担が多くなっても当たり前のことともいえる。

これからの医療制度を考えるうえでの重要なことは、予防医学の充実ではないだろうか。現行の制度は、医師の診療費収入は出来高払いであって、何人の患者を、どんな病気を診療したか、また、どれだけ多くの薬を処方したかによって決まる。患者に対して病気予防のためのアドバイス、指導に時間を割いても一円の収入にもならない。

病気の予防については、所属団体、自治体が成人、高齢者に対して年に一度の人間ドック受診の推進などを行っている。さらに踏み込んだ予防法により、健康寿命を長くして、医療費の削減ができることになると思う。

それは患者や人間ドックなどの検査を受けた人、また一般の希望者に対して、その人固有の病歴、生活習慣や食習慣を詳しく調べて、問題点の見直しのためのアドバイスをする診療制度をつくることである。このアドバイザーは医師免許を持っていて、さらに予防医学を学んだ熟練者とする。そして現在の医師の一定の割合に当てる。そのアドバイザーは医療費を一切受け取らない公務員として採用するなどの考えがある。

これにより、三大疾患の、がん、脳疾患、心臓疾患が少なくなり、生活習慣病である、高血圧、高脂血症、動脈硬化、糖尿病などの改善、クスリ漬け治療の改善ができれば医療費の大幅なセーブになろう。アドバイザーの給与を多少高くしても、トータルの医療費は大幅に少なくなるだろう。

インターネットで医療制度のことを調べていたら、ある開業医が診療をしながら考えていることとして、私の考えとほぼ同じようなことを述べ、予防医療の必要性を強く訴えていた。実現性のない机上の空論ではないのではと思う。

戦後教育の問題点

わが国の国民の勤勉さによるところが大きいが、敗戦後の経済復興優先策、朝鮮戦争勃発による特需も重なって、戦後いち早く経済的な復興は成し遂げることができた。その後十数年で、世界に冠たる経済大国になった。しかし、肝心の精神面での立ち直りは、できていると思えない。

学校教育において、先生が生徒に教える時、最も必要とされることは、このように教えたいという情熱とか意気込みではないだろうか。敗戦を境に先生自身に、この情熱がなくなってしまった、というよりは情熱を注ぐ環境がなくなってしまった。理科系の教科は別にして、社会や国語で教えるべき価値観が敗戦を境にして突然変わったので戸惑い、悩み、諦めてしまった面がある。

戦前には、先生は生まれながらにして、身につけてきた人生観によって国と自分との関係、社会と自分との関わり、生きる目的、倫理観、恥とか誇りについての考えなどについて自然な形で教えることができた。結果として良かったこと、思い込みが過ぎたことはあったにしても疑問を持たずに教えてくることができた。

終戦の日を境に、これまで教えてきたことを全て否定し、社会の中で誰でもが自由、権利・人権を主張し、絶対的な平和を希求し、一人の命は地球よりも重いと、教えなければならないことになった。終戦のとき私は小学校二年生であったが、昭和二〇年八月からの授業では、修身の教科書は没収され、社会、国語の教科書の多くの部分を墨で黒く塗り潰す作業を授業の時間に先生の指導によって行った。正反対のことを教えなければならないことになったのだ。権利、平和、命が絶対的なものであるということを本気で教えることは、多くの先生にはできないので、価値観を真面目に教えることができなくなった。

例えば、教育勅語の廃止がある。戦前には教育勅語は道徳教育における重要な規範であった。内容は、孝行、友愛、修学、人格形成など一二の徳目を説いたものであり、いかなる時代にも通用する普遍的な徳目がほとんどであった。最後に、「義勇」という徳目があり、これは国のために真心を尽くす、という意味合いのものであった。しかし、これを先の大戦に当たっては、国のために命までも惜しまない、とする軍事主義を正当化する教え（教典）として曲解して利用された。教育勅語はＧＨＱの指示により廃止され、「義勇」以外の、普遍的な道徳心を説いた全ての徳目も表立って教えることができなくなった。

私は当時、小学校低学年生であり、先生が教えられることが変わったことに大きな抵抗感はあったが、高学年の生徒たちが、教えられることが、正反対になったことのおかしさを口にしていることをしばしば聞いた。

先生の本気度は、生徒には敏感に感じ取られる。これで先生の権威は大きく失墜したように思う。先生が適当にごまかして、一人前に生きるための本当の価値観を教えてこなかったツケは学級崩壊、不登校児の増加、援助交際、荒れる成人式、モンスターペアレント、児童虐待など、戦前にはほとんど考えられなかった現象となって、現在現れているのではないだろうか。

また、学校でいじめによって生徒が自殺すると、誰がいけなかったかと犯人探しが始まる。担任の先生か、校長か、教育委員会の指導が適切に行われていたか、いじめ防止対策に問題はなかったか、などなど。関係者が突き上げられ、責任者とされる人が、謝罪の会見で深々と頭を下げて、二度とこのようなことがないように万全な対策をとります、というパターンが繰り返される。

多少のいじめは誰もが経験していると思う。どのような生活集団の中でも、いじめがなくなることはないことを前提にして対策を考えるべきではないだろうか。いじめの度合いは環境によるが、閉鎖された集団の中でのいじめは激しくなる性質がある。大勢の囚人が入っている刑務所や一般社会との接触がない軍隊のなかでは激しいいじめがあるそうである。

学校でいじめがあった時、それに耐えきれなくなった子どもが、そこから逃げ出すことができる環境を考えておくことが大切であると思う。学校や先生、親たちはいじめが起きないよう指導することも必要だが、いじめに耐えられなくなった子どもに逃げ道があることを、具体的に教えておくことが、一番必要なことではないだろうか。

子どもは大人が考えている以上に自尊心は強く、簡単には親や先生に打ち明けないものである。子どもの自尊心のことを考えながら対応することが必要と思う。不登校になるような時は、転校できる環境にあれば、よい選択となる。いじめは、相手が困る度合いが大きいほどいじめ甲斐を感じるが、相手が困らなければ、いじめは解消してしまう。心掛けを良くすれば、いじめがなくなるなどと考えないことだ。完全に防止することはできないだろうから、もし事が起こった時に、どうするかの環境を事前に考えることが最も大切なことだと思う。

民意について

民主主義による政治が徹底して行われれば人は幸福になるとか、民主主義は民意を実現するものだ、という前提で議論が進められることが多い。民主主義が唱える、自由、平等、権利行使、絶対平和というアメリカ製民主主義の教えを鵜呑みにして、本当に幸福になるのだろうか。民主制はほかの政治形態に比べれば、マシなものではあるが、さまざまな問題点を含んでいることも知っておかなくてはならない。

近代民主主義の元祖ともいわれるルソーの『社会契約論』（一七六二年）では、民主制とは、次のような考え方に基づくものだそうである。

危険に満ちた世の中を一人で生きていくことはできないから、共同体をつくって防衛体制を整えて外敵から身を守ること、その共同体が円滑に機能するため規則をつくって、みんながそれを守ることであるという。

現在わが国の防衛は、事実上米国の保護下にあり、国の運営の基本になる憲法はGHQ製であるといわれる。このような状況が七五年以上も続けば、その国の民主制による民意は、本来自分たちが持っている心情とは異なるものになるのは当然かもしれない。

ルソーの考え方をまともに受け取れば、今のわが国の状態は、民主主義だの民意だのをうんぬんする前に、しなければならないことがあり、でなければ、それらをうんぬんする資格がないことになる。今の憲法を守る運動は、かなり広く行われている。それは民意でもあると言われる。

しかし、ルソーに言われるまでもなく、国防は政治の最重要課題である。国の指導者は、他国の攻撃や侵略に対して国防を指導する義務を負っている。この国防義務を果たす時、憲法の規定が障害になるということは、民主制下での憲法ではあり得ない。このあり得ないことが現にあるのは、憲法がGHQ製のものであるからである。

政治は世論とか民意を尊重すべきとされるが、世論や民意は先を見通すことはできない。新しい総理大臣が選ばれると、多くの場合支持率が六〇～七〇%を超えるが、それらの総理大臣が業績をあげることは滅多にない。

日清戦争後の三国干渉で遼東半島を返還せざるを得なかった時の国民の反対運動、日露戦争後のポーツマス条約締結の際の反対暴動、昭和三五（一九六〇）年の安保条約改定時の国民的反対運動など、マスコミの報道に煽られて起こった面が大きいが、後から考えれば反対運動は間違いであったことが分かる。

これらは、民意が先を見ることがないことを示している。国内に盛り上がる大きな反対運動に抗して、支持率が大きく下がることを承知のうえで、当時の為政者のとった決断は大変なことであったろうと思う。これらの決断がなかったなら、国内の大混乱、敗戦による分裂統治、列強の植民地になった可能性があったことについては、述べられることはない。民意は、国が自立できないとどういうことになるのか考えない。

民意は、いつも集約されて一つの方向を盲信する。どんな説明もその物事の一部分を見ただけで、その人が考えたことに過ぎない。「いろいろ考えたうえ」と言っても、やはり一面しか知らない。断定的な説明・主張はそのことを知ったうえで慎重に行うべきである。

あの戦争が過酷であったことは、八月一五日が近づくと、全てのテレビ局が頻繁に放送する。民意は、あれはあってはならなかったこととなる。それらは全て本当にあったことであるが、それらの事柄の反対側にあった対戦国（今は使ってはいけないような雰囲気があるが、分かりやすく言えば敵国）が何を考え何をしたかも考え合わせなければ、公平な判断はできない。

わが国に対峙した対戦国では、どうであったのか。それらの国々の国内事情、思惑、人道的な問題にどう対処したか。わが国の中で起こったこと、外交問題を議論する時、対戦国の内部事情も調べて知っておかなくては、公平な見方はできない。

あの戦争の末期には、わが国が敗戦した時、国体が守れるかどうかの確証が得られずに決断が遅れたが、その間、敵国は国際条約違反の残虐行為をやりたい放題している。お年寄り、学童たちを乗せた沖縄からの疎開船を魚雷で撃沈、都市への無差別爆撃、原爆投下、満州への侵略などなど。敵国からのこれらの行為は自分たちが悪かったから受けたのだと刷り込まれたのも現在の民意に影響を及ぼしている。

自分の家は、お父さんを中心にして家族みんなでほかから守る、自分の国はそこに住んでいる者たちが、それぞれ分担してほかから守ることは、当たり前のことで、本能的に了解されることである。しかし、わが国では、ほかから押しつけられたのか、自分で決めたか、誰かが守ってくれるからかなど、そんなことはあまり言い出さない方が良いと、ここ七五年近く思い込んできた。長い間、多くの人たちがそう言ってきたので、今すぐに変えるわけには、容易にいかないとも思っている。

何かおかしいと、心の中に引っかかるものを感じるのは、常識的な価値観ではなく、木に竹を接ぐようなかたちで導入された制度、価値観に馴染めずにいるためであると思う。

報道のあり方

戦後七五年の節目の年には、あの戦争のことについてさまざまな事柄が繰り返し放送された。多くの場合、わが国が自ら無謀な戦争を仕掛けたことで大変なことになったこと、今の状態に比べて自由がなく、国民の意思とは関係なく一方的に決められて酷い目にあった、など反省しなければいけないというストーリーである。

「戦争はいけません」、「戦争は絶対にやってはいけません」と言うがそのためにはどうしなければならないかは考えさせない。感情を煽って思考停止を求めている。

戦争を絶対にしないためには、どうしなくてはならないかを、理性的に考えなくてはならないはずであるが、これに言及されることは皆無と言っていい。戦争をしないと宣言している永世中立国のスイスは、針鼠のように防衛体制をとっている。現役の軍人は少ないが、国民皆兵制で厳しい軍事訓練を受けていて、有事の際は軍隊に入る。

したがって、国内はいつでも武器を配備できる体制があり、特に国境近くは厳重で、国境の橋は有事の際には、ただちに破壊できるようにつくられている。各家庭でも新築や改築の時は、地下室をつくることが義務付けられていて、空から爆撃された時には、シェルターとして使うことになっている。公共のシェルターを含めると、国民全員が二週間程度ここで避難できる体制が整っている。このような準備があって初めて「戦争はしない」と言えるのではないだろうか。

ラジオやテレビは、国から放送の電波波数の割り当てを受けて認可され、放送法を順守して中立の立場で番組作りをすることになっている公器である。一般の人は、普通広く情報を集めることはできないから、特定の情報によって判断することになるが、思ったことを勝手に喋ったり書いたりするのは自由である。

しかし、多角的に情報を収集する部署を持つ報道機関は公器であって、報道は公平でなければならないという縛りがあるはずである。

しかし公器である新聞、ラジオ、テレビなどでの発言を見たり聞いたりすると、多くの発言者が、自分の言うことが正しくて、反対の意見をまったく聞き入れないような言い方をする。これは特に、テレビのコメンテーターやキャスターに顕著である。自分の知識・経験からこう思うというのではなく、自分の言っていることが正しいと言い切る。司会者とコメンテーターがなれ合いで偏向した内容を吹聴し合う番組が多い。

民放の番組作りでは、視聴率競争に勝つことが優先されるのは当然のことである。面白いこと、珍しいことなど人目を引くこと、また、食べ物、観光など誰もが関心を持ち、話題にできる番組が多くなることは理解できる。ただ、それらのことをことさらに大袈裟に映し出したり、大声で叫んだりして、品位に欠ける番組が多くなっている。

それらの娯楽番組と、国内外の出来事の報道とは、番組制作の姿勢は基本的に異なる。ニュースやその解説は公平・中立を期さなくてはならないはずで、偏ったこと、誇張して間違った知識を持たせてはいけないのである。ところが、これらの番組にも視聴率を意識して誇張したり、偏った内容になっているものが多く、最近ではさらにその傾向が強くなってきているように思われる。

中国と韓国が不当な主張をしている諸問題（慰安婦問題、南京事件、靖国参拝、歴史教科書問題など）についてわが国の指導者が真っ当なことを発言したり、行ったりすると、マスコミは一斉に中国、韓国の反発は必至です、と大々的に報道する。反発を誘導しているのである。

どうして「わが国の指導者が言ったり、行ったことは、国際的な常識からみても当たり前のことである」と報道しないのだろうか。

マスコミのこのような反応は何を目的にしているか、いつも不思議に思ってきた。マスコミには自国が不利になるのか、有利になるのかのことはともかく、騒ぎを大きくしたいという意思が働いているのだろう。したがって、わが国の指導者が言ったり、行ったことが当たり前のことである、と報道した方が騒ぎが大きくなると判断した時には、そのように報道するのではないかと思われる。

沖縄の基地移転問題に関する報道にも、偏りがあると思う。基地問題で大騒ぎになることを期待している面がないだろうか。基地問題に関して、次のようなことを報道されることはほとんどない。

・基地があるからこそ、近隣の対立国からの脅威から地政学的に安全が保証されていること
・地政学的に国の安全保障のために重要であるため、多くの資金を入れて特別なインフラ整備などを行ってきていてこれからも続くこと
・現市長、現知事選出選挙の際、かなりの割合で基地移設賛成票があったこと
・沖縄県民に基地反対活動をする人は多いが、最も先鋭的に活動する人は内地から乗り込んだ人たちであること
・普天間基地の場所は、元は日本の陸軍の基地であったところが敗戦後米軍基地となった。そ

の頃は、周りは畑や草原であったが、その後仕事を見つけるのに便利な基地周辺に街ができたこと（街の中に基地をつくったのではなく、基地の近くに仕事を求めるのに便利な場所に街ができたのである）などである。

先の戦争の末期、沖縄では国内で唯一の地上戦が行われ、住民に酷い被害を与えたことは、いつまでも忘れられないし、それに対する補償は、できるかぎりのことをしなければならないと思う。

米軍基地が多い沖縄の人たちの痛みを、われわれ自身の痛みとして感じなくてはならない。その上で、地政学的に戦略的な思考がされなければならない。基地を置くこと、移設することの賛否はともかく、いろいろな考え方があることに重点を置くことが必要である。

社論など考え方を展開することは、マスコミの重要な役割である。しかし、あたかも一般的な報道のように見せかけながら、内容を偏向させて民意を誘導することがある。このような偽装された正義がまかり通っているマスコミに、われわれは毎日影響を受けているのである。

戦後七〇年余を過ぎて

明治の初めから昭和二〇年までの約八〇年の間には、大日本帝国憲法発布、日清戦争とその後の三国干渉、日英同盟、日露戦争、韓国併合、満州国建国、国際連盟脱退、日中戦争、太平洋戦争（大東亜戦争）など、国運を賭した戦いや施策の連続であった。帝国主義時代を乗り切って近代国家として生き残れたのは、この八〇年間余りの先人たちの奮闘、努力のおかげである。

戦後七五年の間の出来事には、焼け野原からの復興、拉致被害者の救済、安全保障に関する議論（安保闘争、沖縄の基地問題）、東日本大震災からの復興、近隣諸国との局所的な領土問題などがある。多くはその気になれば国内で解決できるものが多い。

大きな括りでみれば、戦後七五年間はそれまでの八〇年間に蓄えてもらった遺産を食い潰しながら楽しく生きてきたとも言える。このようなことがいつまでも続いているのは、敗戦から七五年の長い間に、矛盾を矛盾と感じない仕組みが出来上がってしまっていること、争い事は避ける、独立自尊など考えないで済ませる、という空気ができてしまったことなどによるのでないだろうか。ただ、安保法案を十分な説明がないままつくるのには反対であるが、法案そのものは、必要と考える人が増えていることも事実である。

社会情勢の変動を説く啓蒙書が多数刊行され、二〇〜二五年前には右寄りの本として敬遠されていた月刊誌がよく読まれ、東京裁判史観（自虐史観）を墨守（ぼくしゅ）する月刊誌は、販売部数減によって廃刊するものも出てきた。

ただ、ＧＨＱの公職追放や検閲によって職を得た個人および組織体の、いわゆる敗戦利得者とその後継者が社会を動かす中枢に根を張っているから、戦後後遺症は当面続くだろう。

これらの問題点だらけの状況を修正するには、今も東京裁判史観が強くジャーナリズムを支配していること、また、米国も自ら行ったこの裁判の正当性を保つ立場から、わが国の変化を望んでいないことを認識しなければならない。

あの戦争については、自国の行為にのみ多くの目が向けられるが、当時の米国の膨張政策と人種差別意識、中国国内の混乱と国際条約を守らない国民性、ソ連（当時）、特に米国、中国、日本に入り込んだコミンテルンの諜報活動と、実際に行った活動など既に判明していることなど、これから明らかになっていくことが必要である。

砂上の楼閣

豊かな生活を満喫

平成二三（二〇一一）年三月の福島原発の事故以来、電力問題が大きな課題となっているが、既に十分な電力を供給してもらっている。

夏場には数年に一、二度、近くに雷が落ちて停電することがあるものの、数秒ないしは数十秒のうちに復旧する。復旧のカラクリはよく知らないが、ネットワークでつながれている送電網に、どう電気を流すかを瞬時に判断できるようになっているのだろう。

東日本大震災時には、宇都宮でもいくつもの送電施設の損傷などで、一晩停電したこともあったが、それでも翌日の昼ごろには復旧した。その晩は寒かったので、電気のありがたさを改めて思い知らされた。

全国の産地のものが近くのスーパーなどで入手できる。日常的に食べる一般的なものから高級品まで新鮮さが保たれている。国内ばかりか世界各地のものもリーズナブルな価格である。おまけに使い捨ての食品トレイに芸術的（？）ともいえる図柄が印刷されていて驚くことがある。

世界の主要都市での料理店の客観的格付け評価として知られる「ミシュランガイド」によれば、ガイドブックが発行されている全ての都市の中で、東京は最高級とされる三つ星店の数が最も多いそうである。二つ星、一つ星店についても同じである。われわれ庶民には、そのような高級料理店は関係ないと思う向きもあろうが、これら星が付けられる高級料理店は、裾野が広い一般料理店の頂点に立つものであって、裾野の広さと同時にレベルが高いからこそ、押し上げられて頂点も高くなるのである。

東京の星が付けられる料理店には、日本料理のほか、寿司、刺身、焼き鳥、うどんなどの専門店が多いのが特徴であるという。パリは東京に次いで星が付く料理店が多いが、いわゆるフランス料理店で特定の料理店は皆無に近いとのことである。

外国に駐在したり、旅行をした際には、毎日同じようなものばかり食べさせられてウンザリした経験を持つ人も多いのではないだろうか。毎日のことで、これが当たり前と思っているが、われわれはきわめて高い水準の食事を摂っているのである。

私の住んでいる住宅団地も、かなり高齢化が進んでいて、しばしば病状が急に悪化したり、または急病が発生するようである。その際には昼夜を問わず救急車が駆けつけて搬送してくれる。外国の医療事情に詳しい人によれば、この救急医療制度は世界の中で、最もよく整備されているという。

後期高齢者医療制度の制定に伴い、少しくらいの医療費負担増を認めなければならないと思うのは私だけであろうか。男女とも、わが国の平均寿命は、各国に比べて常に一位とか三位とかであることから医療、食糧などが恵まれていることは明らかだろう。

大型の雑貨小売店では、店の外側に商品を陳列しているところがある。店員はまったく目の届かないところに、一日中置きっぱなしである。客は買いたいものがあれば、それをわざわざ店内に持ち込んで料金を支払うのである。この治安の良さは、日本以外では考えられないことである。先進国といわれるほとんどの国でも、スーパーなどの大型店で買い物をした客の出口は厳重に管理されている。

戦後は、何かにつけてアメリカの豊かさが羨望の的であったが、今ではわが国も物質的には豊かになっている。例えば、車を持つことは当たり前になっているが、東南アジアの途上国では車は新築の家一軒と同じくらい高価なものであるという。衣食住、生活インフラ、治安などこの国に比べても、わが国のそれらは最も充実しているといえる。

日常の違和感

もう五〇年以上も前のことであるが、横山ノック氏が大阪府知事に立候補した。芸能人が政治家になろうと名乗りを上げる魁（さきがけ）であっただろうか。私は驚いて、彼が当選することはあり得ないと思ったが当選した。その後も青島幸男氏は東京都知事に、東国原英夫氏は宮崎県知事に立候補し都民、県民の大きな支持を得て当選している。知事という役割を果たせただろうか。芸能界やスポーツ界で名前が知られた人が選挙で立候補して議員・政治家になることは多い。政治という重要な任務を果たすには、生まれながらにして持っている能力と十分な準備が必要なはずである。

民主主義が行きわたれば全てが良くなる、という考えはどうだろうか。「民意を問う」「政治家は国民目線で考えろ」「密室での決定は不可」などは、本当に理に適っているのか。

国民一人ひとりが考えることが正しい、何よりも平等を優先させなければならない、争い事はできるだけ避ける、純真な子どもの心を大切にすべき、などと唱えられると、普通の生活にも欠かせないような厳しさが失われるのではないかと思う。

「過去に世界でたくさんの統治形態が試されてきたけれども、民主政治は最悪の政治である。

ただし、今までに存在した、いかなる政治制度よりもましである」とチャーチル（第二次世界大戦当時の英国首相）の有名な言葉がある。一一世紀以来の英国の「罪深く悲惨な歴史」を踏まえての発言とも考えられている。わが国の明治維新以来の政治形態を見ても、薩長藩閥政治、超然内閣政治、政党政治（政争と汚職が多かった）、軍事政権政治、そして戦後の民主政治がある。確かに戦後の民主政治は以前のものよりはましであるが、民主政治はそれ自体が抱える大きな問題点をもっている。

マスコミはどのような内閣ができようとも、現政権の批判をすることを仕事としているから（政権を批判すると視聴者、読者は溜飲を下げて喜び、視聴率が上がり、販売部数が確保できる）、アラを探しては民意を問え、という。しかし、民意を問うということは、その時の風潮に流されないように慎重にしなくてはならない。

ドイツでは、第一次大戦後、多額の賠償による疲弊、領土の一部を失うなど混乱している時、国民の不満、要求を吸い上げるかたちでヒトラーが率いるナチス党は、一八二八年から一九三二年にかけて、民意を問うといって、三回の選挙によって第一党になった。そして何をしたかは説明するまでもない。

政治家は政策を考え、実行することを国民から付託されている。そのために必要な情報は、自治体や国の予算を使って役人に調べさせ、報告させる権限をもっている。一つひとつの案件について民意を問うといって選挙を行うのは、議会制民主主義に悖(もと)る。

夏季の天気予報では、翌日の気温の予想のあと、「外出の際は熱中症に気を付けてください」「紫外線対策を完全に行ってください」などと毎日繰り返している。

国を支えているのは夏の日中の間、外で働いている大勢の人たちなのではないか。建設現場、道路工事、二四時間体制で治安維持にあたっている警察関係者、尖閣諸島近海で領有権をめぐる争いで警戒態勢を敷いている海上保安庁職員、農業や酪農で働いている人たちはこんなことを気にしていたら仕事にならない。

毎年、高校野球の甲子園大会の予選が始まる頃は、一日中晴天で暑い日が多い。選手、応援団は、こんな注意事項を守れるはずがない。甲子園大会が熱中症の惧(おそ)れがあるからといって中止になったことは聞いたことがない。大勢の中には、熱中症で気分を悪くするものが出るのは予想されるが、その時それ相応の対応をすればよいことである。

原発再稼働を反対する意見も多い。福島原発の想定外といわれる深刻な事態に直面すれば、当然である。一方、わが国の電力事情も知っておく必要もある。熱い夏も節電で乗り切れた、火力発電の増設で賄える、太陽電池、潮流発電など新エネルギーで代替する、などが理由となる。

ただ、新エネルギーの開発は、三〇年以上先のことといわれる。それでもコスト面では、どの程度に抑えられるか不明である。ここ五年～一〇年の間、産業の基盤である電気料金が高くなったら、国内での産業の衰退が心配である。産業の空洞化、失業率増大、賃金の低下と悪循環のスパイラルに入ってしまうことが憂慮される。ただちに原発をやめた場合には、当面は火力発電で賄う必要がある。

原子力発電を世界中が一斉にストップする、ということになればよいが、まずそういうことにはならない。国際社会で先進国に伍して生きていくために、原子力技術とどう向き合うのか難しい判断が迫られると思う。

われわれが良質な電気の供給を受けることができるのは、長年にわたってコツコツと積み上げてきたインフラ整備のおかげである。送電線の鉄塔は、全国に二四万基あるそうである。その送電線がネットワーク状に張り巡らされて初めて、今のような電気の供給ができるのである。しかし、今後これだけの数の鉄塔や送電線のメンテナンスを行うには、高所作業ができる技術者の確保、予算の確保が必須である。

これらの現象はなぜ起きるのか

その要因としては、昭和二〇年八月の敗戦後に、米国が行った日本人の精神面の弱体化政策が功を奏していて、わが国は今も多くの部分でこの影響下にあるのではないだろうか。具体的には日本のみが悪かったと洗脳され、これにより派生的にさまざまなおかしな状況が生じて今に至っているのではないだろうか。

自由、平等、差別撤廃、男女平等、人権はどこまで絶対的に正しいのか。自国の伝統や歴史を否定することが進められ、矛盾を矛盾と感じないようになっているように思われる。特に、マスコミ、教育機関、史学や法学の研究分野、役人など、国を動かす主要な部署で影響を受け続けているように思われる。

このような状況に迎合するのがマスコミである。テレビ、新聞などの報道は事件、物事をことさら強調して報道する。事件が大きければ大きいほど、異常であればあるほど番組はつくりやすく、視聴率が高くなるからである。視聴者はこのマスコミの特質をよく理解するべきであろう。

違和感のある行為の多くに共通していることは、テレビのカメラや報道を強く意識しているということである。当人たちの目立ちたがりが悪いということではなく、われわれ人間の性(さが)であろう。そのような性があるということを、よく知っておくべきであろう。さらに、テレビや新聞では、本音を言えない。人の前では優等生の姿勢を崩すわけにはいかないからである。

基礎作りのために

われわれは、物質面では豊かで立派な楼閣をつくったが、精神面はどうだろうか。

最近では少し変化が出ているようである。非現実的な理想論を掲げる勢力は大きくは変わらないが、問題点を正す現実的な勢力もあちこちで立ち上げられている。必ずしも順調に推移していないが、生みの苦しみのようにも思える。

二〇年ほど前までは、栃木県立図書館の社会科学、歴史関係の書棚は、先の大戦についての批判や反省をする書籍で、ほとんど占められていた。もちろん自主的な反省もあったと思うが、東京裁判史観に基づいて書かれたものである。その後、あの大戦を客観的に見て書かれた出版も多くなり、それらが並べられるようになった。現在では、かなり古い書籍もあるが大多数は、比較的公平な見方をしている書籍が多くなった。

歴史に関する書籍で、史実の説明は一冊の本では一定の枠内で解釈されるのが普通である。しかしこれは一つの解釈、見方であって全体を客観的に説明したものではない。

わが国と関わりのあった中国近代史のいくつかの史実について、少し詳しく調べてみたことがある。主要な史実のうち、辛亥革命・孫文、五・四運動、日中戦争（盧溝橋事件、第二次上海事変）などについてである。これらについて歴史教科書を含め、わが国の学者、ジャーナリストが書いた一〇冊を超える本を横に並べて、それぞれの書籍でどのように記述されているかを調べてみた。すると、これらの書籍で史実の解釈、説明はかなり違っていることが分かった。

有力大学の教官が著名な出版社（岩波書店など）から出しているいくつかの著書と現行の歴史教科書では、他国に軸足を置いており、一方、新興の出版社、若手の研究者が書いた最近の書籍は、自国に軸足を置きながらも、かなり客観的な見方をしている、ということである。

過去の出来事は、無数の事実の断片から成り立っているが、それを史実として記述する時は、書き手の歴史観が大きく影響してくる。つまりその著者の歴史観にとって、都合の良い事実が取り上げられ、客観的視点が損なわれてしまう恐れがあるということだ。

他国（または自国）に軸足を置くということは、他国（自国）にとって都合の良いことを強調して取り上げて、良く評価・説明し、自国（他国）の都合の悪い点を多く取り上げて悪く評価・説明するということである。史実の説明は、どちらかに軸足を置いて歴史を見るのではなく、双方の立場を考えて、できるだけ客観的に記述するのが当然正しいといえる。

正当な歴史の見方・解釈ができるか否かは、解析能力とか記憶力が高いか低いかで決まるのではなく、育てられた環境とかその時代の空気の影響が大きいようである。

一つの例として、日中戦争の始まりとされる盧溝橋事件について、二つの書籍でどのように記述しているかを次に示す。

○井上清『日本の歴史下』岩波書店

『その一ヶ月後の一九三七年七月七日、北京の郊外盧溝橋で、夜間演習中の日本軍が中国軍の不法攻撃をうけたといいがかりをつけて、日本軍は中国軍に戦争をしかけた。いわゆる「支那事変」の発端である。華北の中国第二九軍の軍長宗哲元は、すぐ日本軍に屈服し、七月一一日停戦協定を結んだ。ところがこの同じ日、東京の近衛内閣は参謀本部に同調して、華北に二個師団を急派することを決定した。（中略）……政府でも軍の中央でも、ここらで「重大決意」

を示せば、中国は屈服するだろうと、たかをくくっていた。』

○水野靖夫『日本人として最低限知っておきたい〝Q＆A〟近現代史の必須知識』ＰＨＰ研究所

『盧溝橋事件については、「大東亜戦争への道」（中村粲）に詳しく述べられている。この中で最初の発端は先走った共産分子か抗日分子であったにしても、その後中共中央が対日作戦を実施した、と推論している。七月七日　二二：四〇　演習を終了した日本の「支那駐屯隊」の中隊に発砲があった。（中略）……八日　〇三：二五　再び日本軍に向けた銃撃があった。（中略）……〇五：三〇　日本軍に向け三回目の猛射があり、ついに日本軍は反撃に出た。最初の不法射撃より七時間後であった。九日　〇二：〇〇　停戦協議が成立した。……一一日　内地からの派兵を決定したが、現地で「停戦協定」が成立したので見合せた。』

参考までにWikipediaにはどのように記述されているか見たら、ほぼ後者の記述に近い記述であった。そして、一一日の停戦協定の記述の後には、「本来事件は、現地での停戦交渉の成立をもって終息に向かうはずのものであった。しかし、日本政府と中国政府は、停戦協定と並行して大兵力を動員させた。このことは、主戦派や強硬派を勢いづけ、以降の事件拡大の大きな要因となった」と書かれている。

同じ史実について、個々の書籍での記述は大きく異なることが分かる。井上清氏の『日本の歴史』を読んだ時、全般にわたって、当時の中学校歴史教科書の編纂方針にかなり近いものであることを感じた。

Wikipediaの記述は変更されることがあり、永久に残る資料ではないが、偏りが少ない点では参考になる。また、参照文献が多く記載されていて、素人でもさらに詳しく調べたい時に便利である。

これは十数年前、歴史教科書を読んで、その記述に納得できないところが多くあることを知ったのがきっかけで、ささやかながら正常化運動のお手伝いを始めた頃の世の中の論調とは明らかに変わっている。

近年出版された歴史書を調べてみて分かったことがある。十数年前には、歴史教科書ではこのように記述すべきとした主張（客観的な記述をすべきという当たり前の主張）はほとんど全てのマスコミ、ジャーナリスト、左翼から猛烈な反発を受けた。その理由は、韓国、中国との友好関係にヒビが入る、軍国主義の復活につながる、というものである。しかし、今では多くの一般人の常識になっている。インターネットはこれからもっと普及するだろうから世の中の風潮は変わるだろう。

現在の中国国内のさまざまな歪みが何とか治まっているのは、政府がインターネットでの情報操作をしているからである、と言われることもある。インターネットなどの情報伝達技術がさらに進み、情報操作に限界がきて、中国国内に本当の情報が溢れるようになれば、歪みは解消されてまともな統治がされるようになるだろう。

韓国や中国の政府は、国内政治で行き詰まり政権維持が難しくなると、国民の目をそらすため、反日運動を盛り上げて誤魔化すことを繰り返してきた。この反日運動を、わが国の特定の勢力が火をつけて煽ってきたことは事実である。

反日運動の不条理さは最近になって、やっとその本質が問題とされるようになってきた。外圧によってやっと気がつくというのも情けないことであるが、気が付かないよりはましであろう。近隣諸国との友好のためには、日本が譲りつづけるという流れがあった。だが、正常な方向に向くのも時間の問題だろうと期待している。

事なかれ主義　まかり通るべからず

ミーイズム

手元にある古い『広辞苑』（岩波書店）や研究社の『英和辞典』には、「ミーイズム」は載っていない。『現代用語の基礎知識』（自由国民社）には「自己中心主義」と説明されているから、比較的最近使われるようになったということか。インターネットで検索してみると、その考え方、行動が全て否定的に書かれている。しかし、ミーイズムに近い考えや行動が、幅を利かせてまかり通っていることが多い。

先日、所用があって宇都宮法務局に出向いたら、供託課の前に「断固拒否 利権あさりのえせ同和」と大きな立て札が掲げられていた。役所の中でも特に堅いイメージのある法務局のロビーでこのような、くだけた標語を見てちょっと驚いた。同和問題は表立って話題に取り上げられることが少ないから、知らない人も多いが、インターネットや役所の資料などを調べてみると長い間、本質的な解決が求められている根の深い問題であることから、大きな予算が組まれている。これに絡む利権を盾に、当事者を装った者の不法な金品要求があり、それが恒常化していることが分かる。

これはミーイズムの権化のような世界である。国も自治体も、その対策は及び腰である。新聞などで取り上げれば、人権問題を軽んじるのかなどと言いがかりをつけられて、その新聞だけが袋叩きにあって被害をこうむるから、そっとしている。このような問題に対してこそ新聞は、得意の横並び方式で、一斉に取り上げたらどうか。裁判所や警察の職員が電車の中で痴漢行為をすれば、一斉に報道するのと同様に、である。報道のキーワードは「恥」である。触らぬ神に祟りなしで、ものを言わないでいたら、いつまでたっても解決はできない。

ある年の一月末、団地の自治会の新年会でアルコールが回った会の後半は、例年通り懐かしのメロディーの合唱となった。元中学校教師が用意してきた歌詞のプリントを配り、ハーモニカの伴奏で延々と歌っていた時、文部省唱歌「故郷（ふるさと）」の三番だけが書かれていないことに気がついた。元教師に、どうして省いているのかを聞いてみたところ、「学校では三番は歌ってはいけないことになっているのです」と言って意味ありげの表情をした。

ちなみに、この三番の歌詞は「志をはたして／いつの日にか帰らん／山は青きふるさと／水は清きふるさと」である。どうしてこれを歌わないのかは分からない。しかしその時、学校では世間一般の感覚とは異なることが行われているのかなと感じた。これで済んでいるのは、外から評価されることが少ない一種の閉鎖社会であるからであろう。

なぜ、三番を歌わせないのか、という質問に対する元教師の狼狽ぶりから、本人はうしろめたい気持ちを抱いていることが分かる。正常な感覚であろう。個々にはそう思っていながら、教師も校長も教育長も、誰一人としておかしいと言い出さない。事を荒立てない事なかれの現実を目の当たりにして、楽しく合唱に加わることができなくなってしまった。

しかし、事なかれは、よく指摘されているように今あらゆるところに蔓延している。自分も例外ではなく、自戒したいところである。

恥を考えない、志を教えないことの帰結は、どうなるか多言を要しないだろう。

何もしないでも一方的に入ってくる情報のみに接していると、知らないうちに結果として、偏った考えが押しつけられることになる。正義の味方のようなふりをしている報道機関が、いかに身勝手なものであるか、長いスパンでその主張、論調の変わりようを調べてみればよく分かる。自分自身で調べて考えることが、いかに重要であるかを考えてみなくてはならないと思う。

テレビ、新聞を見ながら思うこと

青田昇の解説

プロ野球に興味のある方は、覚えておられる人も多いと思うが、青田昇氏が、一九八〇年頃、プロ野球の実況放送の解説をしていたことがあった。青田氏は戦後、間もなくプロ野球（当時は職業野球と呼ばれていた）が再開された後、阪急を経て巨人に入団し三番バッターとして、四番の川上と共に強力打線を担っていた。現役引退後は長い間、テレビの解説者として人気があった。

私が見ていた中日―巨人戦でのことである。中日の内野手がエラーをした。解説の青田氏は、

「中日の選手には、よくあることなので、特にコメントするほどのことではありません」と言った。私は中日ファンであるので、よい気持ちはしなかった。試合が進んだところで、今度は巨人の内野手がエラーをした。青田氏は、「巨人の選手も神様ではないので、エラーをすることもありますよ。人間が完全になれないことが分かってよいのではないですか」と解説した。言いたい放題である。

しかし、青田氏の解説は人気があって、長い間こんな調子で続けられた。この時、実況の解説者が、もし中日の選手がエラーをした時、「神様ではないので、まれにはこういうこともありますよ」と解説して、巨人の選手がエラーをした時には、「よくあることでコメントする気にもならない」と言ったら、その解説者は、その試合かぎりでお役御免になっていたと思う。

野球の解説者は、本当のところを説明するよりも、野球ファンの大多数が、気持ちよく聞くことができるように説明することが大切なのである。当時も今も、巨人ファンは多く、全国津々浦々にまで行きわたっている。それに比べ中日ファンは少なく、私はこれまでプロ野球のことを多くの人と話をしているが、名古屋出身者以外で中日ファンであるという人に、お目にかかったことがない。

視聴者に聞き心地の良いことを言わなければならないのは、野球の解説にかぎったことではなく、メディアの番組づくり、紙面づくりにも通底していることである。娯楽番組で視聴者を楽しませるために、作為的なことをすることは理解できる。しかし、ことさらに興味を引くような仕掛けを報道番組にまで入れる必要はないと思う。

民放が視聴率を高くすることと、新聞が販売部数を上げることは至上命題であるが、そのためにより分かりやすく、より親しみやすく、より面白く、より奇抜に、品性は二の次で大袈裟に……とその度合いが行き過ぎると視聴者、読者は違和感を覚え、見るに堪えないことになる。

テレビ、新聞の効用がきわめて大きいことは論をまたないが、逆にこれらの情報に頼り過ぎることによって生じる負の面にも、留意する必要を感じる。

小さな親切、大きなお世話

いつ頃から、このようになったかは、はっきりとは分からないが、コンピューターで画面の加工が簡単にできるようになってからであろうか、分かりやすい解説をして、視聴者を引きつけようという意図からであろうが、安直で幼稚な手法が定着した感がある。

報道なのか、バラエティーなのか分からない番組が多い。世界各地で起こるテロや戦争、為替の変動などの経済問題、一般のニュース、天気予報など、以前はその分野の専門家やベテランのアナウンサーが、普通の話し方で解説している番組も多かった。これらの番組に、娯楽の要素がどんどん入ってきている。

天気予報は淡々と説明するだけで事足りるはずであるが、毎日舞台装置を変えて、漫画のキャラクターや大きなぬいぐるみを横にして、大勢の女・子どもを集めて大声を張り上げながら進めることが多い。年に一度のお祭りの日であれば、盛り上がってよいと思うが、毎日騒ぐのはどうかと思う。

大人であったら、気温、湿度、曇り、晴れ、雨の予報をしてもらえば、それぞれ対応できる。説明に漫画の「春ちゃん」「冬将軍」などを出すのは子どもじみていて馴染めない。熱中症に気をつけろ、こまめに水分を摂れ、紫外線に対する万全の対策を、雲の間からも紫外線がさすので油断するな、カバンの中に折りたたみ傘を持って出掛けろ、など馴れ馴れし過ぎないだろうか。NHKは時間が余るからこんな幼稚なことをいうのだろうが、適当なBGMとともに季節に合わせて自然の風景を映してくれた方が、よほど気が利いていると思うのであるが。

物事や風景、食べ物の描写に、声高に感嘆詞を連発することが大人向けの番組でも行われる。すごい！　びっくり！　初めて！などと大きなジェスチャーで叫ぶ。上手にそれらを伝えるなら、それを映しながら顔の表情や、対象のズームで表現した方が、視聴者は素直に聞き取れると思う。大声を出すのも、たまにはご愛嬌でよいと思うが、のべつ幕なしにされると、うるさく感じる。

一人前の落語家や漫才師は、めったに大声を出したり、すごい、びっくりなどの感嘆詞は使わないで、見ている人を笑わせる。おかしなこと、すごいことを表現する術をわきまえている。大人が素直に感じ取れるような表現をすべきであろう。

ニュースのアナウンサーは、原稿を読む役ではあるが、その内容をよく理解していて、その現場も経験したことがあるようなベテランのアナウンサーが読めば重みが違う。以前はＮＨＫも民放でも、このようなアナウンサーが担当していた。さまざまなニュースを素直に聞けた。若い女子アナウンサーが平静を装いながら残酷な犯罪の手口や、わいせつ犯罪の様子を説明しているのを見ると違和感を覚える。

国内のテレビで、折に触れて「英国の国営放送や米国の大手テレビのニュース番組では、このように伝えています」という紹介がされることがある。いずれもベテランのアナウンサーが一人で椅子に座って説明している。中国や韓国のニュース番組も紹介されることがあるが、同じようなスタイルになっているようである。

諸外国の放送局がどうのこうのというのではなく、ニュース番組のあり方としてどちらが適切かということである。

本質からの逸脱

テレビのニュースで、問題の本質をそらし、細かい目の前のことを捉えて、もっともらしく長々と映すことがしばしばある。国政選挙や知事の選挙に際しては、新橋の駅前や巣鴨で通行人に、どのような人が議員にふさわしいと思いますか、という質問をして、お金にクリーンな人、弱者の味方になる人、市民の目線で政治を行う人がよいです、などと答える人を選んで、あたかも国民の代表的な意見であるかのように説明する。

国の財政のプライマリーバランスを早く正常化すべき、国民の意識を根本的に変えて、出生率を二・〇近くまで上げる、税制や年金制度を講じてほしい、自立心を持つような教育施策を講じてほしい、などと本質論を述べる人は映されない。

政治とカネの問題はしばしば起こるが、全ての政治家に対してカネに完全にクリーンであることを求めるのは、「木に登って魚を求める」ように難しい。政治はカネを扱う仕事が多く、そこには灰色のカネがあるので、それが白か黒か分からない部分が多い。公共事業の入札などで、談合があると大きく報道され、それらの企業を厳しく糾弾して、あってはならないという言い方をする。

江戸時代中期、老中田沼意次の金権政治は批判され、その後を引き継いだ松平定信（元白河藩主、白河楽翁）は、徹底した政治腐敗排除を行った。しかし、田沼意次の時代には、商業の振興、沼地の農地への開拓などの公共事業を積極的に行い、景気は上昇して文化も発展した。手心を加えるとか、賄賂の横行もあったであろう。松平定信に代わって、田沼の時代とは正反対なクリーンな政治を行うとして、緊縮財政、倹約、贅沢禁止を徹底して景気を一気に冷え込ませてしまい、庶民の暮らしは苦しくなった。

当時の人心の一端は「白河の清き流れに住みかねて　もとの濁れる田沼恋しき」という狂歌によく表れている。いつの世も清き流れの「白河流」と、濁りのある「田沼流」が現れたり消えたりする。清濁併せ呑むのが現実的なのである。マスコミの世界では「白河流」を是、「田沼流」を非とする建前論が多い。そこそこの袖の下も文化のうちであり、あまり完全を期待すると、裏切られた時の落胆が大きい。

視聴者に聞き心地の良いことを言ったり、あることに対して意図的に興味を引き起こして関心を集めておいて、自分の考えていることこそが正義であると言い募ることは、メディアにはよくあることである。

何かにつけて世論調査が行われ、その結果について尾ひれをつけて解説されるが、これは「卵が先か鶏が先か」の議論に似ている。メディア各社は直近の一ヵ月くらいの間に生じた出来事や、内閣支持率などを調査して、その結果が世論の支持を受けたものだから、その結果に基づいて政策などが施されるべきであるように解説される。

しかし、アンケートの結果は、その間にメディアが好意的に報道したことについての賛成が増加し、悪いと報道したことへの反対が増えることは、結果を見なくても分かっている。しかし、事の良し悪しは、その時メディアが主張していたこととは、逆になることが多い。

将来のエネルギー政策や、消費税をどうすべきかなど普通の人には内容が分からないことや、理解できないことに対して賛成か、反対かを聞いてもあまり意味はないと思う。

例えば、TPP加入に賛成か反対かを質問することがある。TPPに加入すれば輸出が増加する、貿易自由化が世界の趨勢である、大規模農家を増やして生産性を上げる、などの説明に納得した人は、賛成と答えるだろう。米国主導で、米国に都合よく貿易を変えようとするものである、国内の農家や酪農家が大きな打撃を被るなどの説明に納得した人は、反対と答えるだろう。

　TPP加入の損得勘定は、参加国の事情・思惑、品目別の関税免除量・関税割合、品目別の執行猶予期間などが複雑に入り組んでいて、それらを総合的に理解することは、普通の人にはできない。このような問題は、マスコミの嫌う官僚、国際経済の専門家、担当の政治家の判断に任せるよりほかに方法はない。加入した時、しなかった時、いずれにしても、その結果によって再検討する余地を残しておくことが大切ではないだろうか。世論調査の結果で参加、不参加が決められるような単純なことではないと思う。

　新聞などは、社会の木鐸として一貫した主義があるかのように見せかけるが、一貫してあるのは、視聴者の感性に迎合する商業主義ということである。

　このことは、昭和の初期からの満州事変、日中戦争、太平洋戦争、サンフランシスコ講和条約、日米安保条約改定など歴史の節目で、新聞やラジオやテレビが、どのように報じたかを振り返ってみれば明らかである。どのように報じれば読者、視聴者が増えるか、という観点から主義主張を変えていることが分かる。

　戦時中、太平洋戦争を強く煽った新聞ほど、販売部数を伸ばしている。新聞に煽られた国民の声に押されて、政治が動かされたことも多くあった。戦争の責任は戦略、戦術の面で政府、陸海軍にあったことは論をまたないが、新聞、雑誌をはじめとするメディアにも大きな責任がある。

　しかし、メディア自身が責任について言及したことはない。

正義の偽装

　われわれは何の不足もなく日常を送っていて、これが当たり前と思っているが、このような状況がいつまで続くかは分からない。

　国際的な米国の主導力の衰えに乗じ、間隙をついて物騒なことを構えることに余念がない国、わが国をアングラで悪者にしようと画策する国があり、地球の裏側で起こっている物騒なことが、いつ飛び火してくるか分からないような状況にある。このような中、マスメディアの一国平和主義、反体制、反権力というこれまでの姿勢は変わらず、一面的な立場からの報道を続けていて、一般の人たちの皮膚感覚とは乖離する部分が多くなった。

　私は虚構であると思っているが、大戦中の従軍慰安婦問題もこのような空気の中で、日本人が焚きつけて大騒ぎになってしまった事案である。自国がありもしない虚偽によって、世界中から非難を受けることが明らかであるにもかかわらず、熱心に騒ぎを起こすという倒錯した心理は、どうして生まれるのであろうか。

　今は、従軍慰安婦像は韓国、アメリカ、オーストラリア、中国のみならず、ヨーロッパの国にも設置される動きがある。アメリカの大手出版社の高校の歴史教科書には、日本軍の慰安婦について「……(韓国、中国などから一四歳から二〇歳の）二〇万人の女性を強制的に徴用し、拳銃を突きつけて慰安所に連行し、……日本軍は部隊に女たちを『天皇陛下からの贈り物』として提供した。……敗戦の際に、この件を隠すために日本兵は多数の慰安婦を虐殺した」と書かれているという。

普通、教科書には本当のことが書かれていると思うが、歴史教科書に著しく歪曲したことが書かれるのは、アメリカも日本も同じであるようだ。

この教科書の記述のネタは、元日本軍兵士・吉田清治が一九八三（昭和五八）年に出版した『私の戦争犯罪』（三一書房）の中で書かれていることである。そして、その内容は、韓国の新聞記者や日本の研究者の調査で、まったくの嘘であることが分かり、吉田本人も「作り話」であることを認めていた。

しかし、日本の左派の教授たちは、吉田の「作り話」を本当にあったこととして著書や論文中に記述している。朝日新聞も、吉田が書いた強制連行が嘘であることが分かってからも、先の戦争での自国が悪かったとするキャンペーンの一環として、二五年の長きにわたって報道し続けている。朝日新聞は二〇一四年八月、嘘をつき続けることができなくなり、一連の強制連行したとする報道が間違っていたことを認めた。しかし、謝罪はしないで、女性の人権問題として、これからも報道するそうである。

慰安婦問題は、第二次世界大戦の際に、日本軍の戦場に娼婦がいたというだけの話である。

古今東西のどの戦争にもあることである。米軍、ドイツ軍、韓国軍（米軍に協力したベトナム戦争時の）が娼婦にひどい扱いをしたことは、よく知られている。このような事例を挙げれば、キリがない。朝日新聞は女性の人権問題として、これらのことこそ検証して報道すべきであろう。日本軍が娼婦の扱いで他国の軍隊と比べて特別にひどいことをしたとは思われない。

今や、日本人自身が焚きつけた日本軍の慰安婦問題は、諸外国が日本を叩く格好の材料となってしまっている。朝日新聞は、この事実をどう受け止めているのだろうか。

「戦後」は終わっていない

「もはや戦後ではない」。この有名な言葉は、昭和三一（一九五六）年の「経済白書」の結びの言葉である。この年、一人当たりの所得が、戦前の最高値を超えたのであった。別の言い方をすれば、エンゲル係数（食費の全所得に対する割合）が戦前の最低の水準にまでなって、もはや食べるためにのみ、あくせく働かなくてもよくなったということである。

しかし、昭和二〇年の敗戦から六年間の占領期に形成された諸々の精神的桎梏（しっこく）により、今でも言語では表現しがたい闇のようなものに覆われている。

中学、高校の歴史教科書が全て偏向した内容であるので、それを正した新しい教科書が発行されることになって、その採択を県内市町村の教育委員会、教委事務局、議員の方々に働きかけたことがあった。歴史教科書の偏向というのは、その編纂がいわゆる東京裁判史観と階級闘争史観に基づいて行われていて、例えば虚構である従軍慰安婦、南京大虐殺などが特筆されていることである。

四年ごとの教科書採択に当たって、これらの問題点を関係者に説明すると、大多数の方々には、理解を示してもらえた。ところが、教委による採択の結果をみると、ごく少数の例外を除いて、それまでの教科書が採択されているのである。これは、もし新しい教科書を採択すると、左派の活動家が教委を恫喝し、マスコミが問題視して騒ぎを起こし、教委以外の役所の日常業務までもが、滞ることを危惧して、事なかれを決め込むという、まさに「触らぬ神に祟りなし」が続いているのである。

教科書改善が進まない要因は、ほかにもある。現在のマスコミ、役所の幹部、事務方は、いわゆる戦後教育によって東京裁判史観に疑問を持たない人たちが、大勢いることである。このことは、先に書いた朝日新聞の三〇年間にわたる慰安婦に関する大虚報を可能にした温床となっているのではないだろうか。

わが国は大正、昭和初期に既に工業化が進んでいたが、国内には資源がないため、米国をはじめ多くの国からの原材料の輸入を必要としていた。

これに対して米国は、鉱物資源、原油、綿花など産業の原材料は国内で産出して、自給自足できる国である。わが国は主要な原材料の輸入先の米国と、本当に戦争をしたかったのか。米国は原材料を国内で産出できるにもかかわらず、どうして日本と戦争をしたのか。米国は本当に自由、民主主義を守るための戦いをしたのか。不可解なことである。日本は、なぜ米国と戦争をしたのか、という見方とともに、米国は、なぜ、日本と戦争をしたかという考察が、あの戦争の真の姿を見るために必要なことである。

マスメディアは多くの資料を探したり、集めたりして解析できる部署を持っている。新しい資料を発掘して新しい視点でものを見たり、解析して、それを報道する役割を果たさなければならないはずであるが、それがされていない。

国民の多くは、誰もが自由に靖国神社に参拝できる環境を望んでいると思う。このような環境を決定的に壊しているのは、実は日本のテレビや新聞である。新しい総理大臣や大臣が誕生すると、テレビや新聞は、八月一五日に靖国神社に参拝するか否かを詰問して、大きな問題であるかのように騒いで報道する。そして、もし参拝すると、中国、韓国との関係が一層悪化するので、参拝すべきでないと、ほぼ全て解説者やコメンテーターが解説する。

これにより、中国、韓国の指導者は反発をしないと国民の支持が得られなくなり、マスコミは輪をかけた報道をして国民感情を煽る。現在に至るまで、この繰り返しである。一九七九（昭和五四）年、当時の大平正芳首相は、靖国神社に参拝していたが、中国を訪問した時には、赤絨毯を敷いて歓迎されている。

ちなみに、靖国神社へのA級戦犯合祀は昭和五三年である。この時までは、中国は靖国参拝問題を外交カードとして使えることに気がついていなかったのである。要するに、靖国問題は日本に対して、外交上有利になる口実をつくる手段の一つであって、本心から怒っているのではない。

なぜ、マスコミは靖国参拝を問題にするのだろうか。大きな要因は、これを大きな問題にすると、容易に番組づくり、紙面づくりができるからであろう。マスコミ各社の本社は、靖国神社の目と鼻の先にあるようなものである。世界各地を飛び回って取材しても、大きな記事にならないような事案を追いかけ回すより、確実に大きな記事にできるネタがほしいのであろう。かくして靖国問題は、マスコミ村の住民の生活費のタシになっている。もし、日本のメディアが一斉に騒ぐ方がおかしいと報道すれば、靖国問題は収まってしまうだろう。

英国は一九世紀中葉（一八四〇年）、中国（清）に対して、アヘン戦争を起こした。英国は、植民地のインドで栽培した麻薬のアヘンを中国に大量に売りつけていた。国民に麻薬患者が増えて困った中国が輸入拒否をして、アヘンを没収して焼却処分した。これを理由に英国は戦争を仕掛け、勝利し、「南京条約」を結んで、多くの中国における利権を獲得した。

この悪辣なやり方は、生やさしいものではなかった。その後、当時も今も中国は、英国に対して謝罪や賠償を求めたことはない。戦争終結後、条約を結んで解決済みのことであるからである。これが現在の戦争後は、当事国間の条約締結によって全て終了するという「国際法」、国際秩序である。

もし、中国が謝罪や賠償を求めても、英国のマスコミや世論に相手にしてもらえないことを、中国は分かっている。もし、そのようなことをしたら、自国の不甲斐なさが改めて表沙汰になるので、そのようなことはしない。

例外的に、中国は日本に戦争後の「日中平和友好条約（一九七八年）」を結んだ後も、謝罪を要求してくる。理由は、それらの要求に対して真面目に対応しなければならないと、マスコミが大々的に騒ぎ、政府はそれに押されて対応するからではないだろうか。

常日頃、大々的に主張されるテレビ、新聞の論調に不満を覚えることがある。多くの人が、自分を取り巻く社会の雰囲気に言葉では表せないような違和感を覚えながらも、先の大戦の際のひどさに比べればまだマシと思えるためか、矛盾を感じながら見ないふりをしてきたように思う。

新聞、テレビの多くの番組で、時の政府のすることには、いつも反対である。秘密保護法や安保法制、原発の再稼働に関するテレビの論調、反対と叫ぶ激しいデモの光景、ほとんど悲鳴のように叫ぶ反対する人の表情を見れば、大多数の人が反対しているかのように思える。しかし、世論調査の結果は、多くの場合反対と賛成が拮抗している。新聞、テレビは常に反対の人々の側に立っている。権力の暴走を阻むという大義はあるが、通常の報道では、大きく興味を引きつける映像、大きな活字の見出しで記事が書けることが必要なのである。

マスコミのこのような体質の原因をたどっていくと、さまざまなことがあるだろうが、大きな原因の一つは、敗戦後のＧＨＱ占領政策の一つであった公職追放にあるように思う。公職追放は政治家、ジャーナリスト、法律家、経営者、学者など全ての分野に及んだが、現在まで深刻な影響を及ぼしているのは、社会科学系学会（特に史学会、社会学会など）とマスコミの世界であると言われている。

公職追放は、GHQの政策を遂行するために障害のある人物の排除であった。当時のGHQ民政局の主要な幹部は、社会主義的な思想を持つ人たちであったので、公職追放によって生じた空席には左翼系の人物を就任させた。多くの有力大学の学長、教授陣、新聞・雑誌などのマスコミ界の要職は、その系統の人物で占められた。筆が立ち、弁論に巧みな彼らは、自分と同じイデオロギーを持つ人物を後継者に選ぶから、今でも学会、教育会、マスコミの世界で実権を握り、その思想を発信し続けている。

インターネットへの期待

一般に情報の流れは、一方的である。テレビや新聞で得た情報の内容について、よく分からない点、疑問に思った点について、関連書物やインターネットで調べて真偽を追求するような手間暇をかけることは少ない。テレビのキャスターや解説者が主張した内容や新聞の論調によって、世論は大きく左右される。

マスコミ各社は反体制という社是を掲げてきていて、長い間の主張を変えることには、不都合なことがあるから、これまでの主張を墨守する。

新聞通信調査会の調査によれば、テレビ、新聞の情報への信頼度は、毎年少しずつ低下しているとのことである。テレビを見る時間と、一世帯当たりの新聞購読部数が減少している。特に、二〇代、三〇代の若年層に、この傾向が顕著である。これは情報の取得源をテレビ、新聞に頼らずにインターネットなどから得ているからであると推定される。

テレビ、新聞からの情報は一方的な流れに終わるが、インターネット空間からの情報は著しく多く、興味を持って調べれば、多様な考えがあることが分かる。テレビ、新聞で報道されたことが偏ったものである時は、それに反論、修正した意見も多く出される。

ただ、インターネット空間でも、現状では既に報道された内容に基づいてのみ、議論が交わされることがほとんどである。報道内容が偏ったまま、それが浸透してしまうことを防ぐという機能を発揮しているだけである。これは確かに、これまでとは違う大きな前進である。

インターネット上の情報は、きわめて幅広い情報を一瞬のうちに得られるという特徴がある。その中には、各国の外交機密文書が、何十年という一定の期間後ではあるが、公開されアップロードされる。例えば、米国外交文書（ＦＲＵＳ）は、三〇年を経てから大統領が代わったタイミングで、原則全てが公開されることになっている。欧州の先進国でも、同じような仕組みになっている。ただ、安全保障に関わる文書などで、今公表すると、外交上障害が出ると判断されれば公表は、さらに遅れることもある。

わが国では、「アジア歴史資料センター」のインターネットサイトで膨大な歴史資料が公開されている。

これらの情報は膨大な数、量であるから、報道機関でも逐一調査することはできず、新しい肝心な情報を見いだすために長い時間がかかっている。さらに問題なのは、マスメディアは自分たちが言っていることと矛盾する情報を無視する傾向があることである。

一九九五年、米国は「ベノナ文書」を公表した。これは第二次大戦中から戦後にかけて、米国政府中枢部内にコミンテルンのスパイが約一〇〇人と、その協力者約一〇〇人が暗躍していて、米国政府の政策に大きな影響力を与えていた事実を伝えた文書である。コミンテルン本部とスパイとの間でやり取りしていた暗号による通信を傍受、解読して分かったことである。当時米国政府内にソ連のスパイがいることは、噂としてはあったが、それが事実であったことが確定されたのである。

歴史観を変えなければならないほどの文書の公開に、米国はもとより欧州各国でも、大きな問題として大いに議論されたといわれる。わが国においては、通り一遍の情報として小さく報道され、大きな問題とはされなかった。わが国においては、これを問題にすると、多くのジャーナリストが主張してきた内容と矛盾して、転向を余儀なくされるのは困るので、あえて深入りしないでいるように私には思える。

インターネット上の新しい情報を調べて、従来の報道機関に先駆けて、その独自な新しい解釈を発信することができる。これはプロ（研究者）、セミプロ（市井の好事家）の仕事である。

このようなことが普通にできるような状況になれば、国内の新聞、テレビの東京裁判史観に基づく戦後体制の維持、墨守はどんどん崩れていくだろう。

少しずつでも確かに進んでいくことを期待したい。

歴史教科書とその採択の問題点

歴史教科書問題とは

終戦後、小・中・高等学校の教科書の検定制度が導入され、現在では四年ごとに改定されているが、教科書問題はしばしばマスコミに大きく取り上げられるような事態となっている。有名なものでは、昭和四十年から平成九年までの長い間、「教科書検定は、表現の自由の侵害で憲法違反である」として法廷で争った「家永教科書裁判」があった。

ここでは主に、平成一〇年以降の教科書採択に関する問題点について述べることにする。

平成一〇年頃のことであったが、社会科の教科書がおかしいと、いろいろな月刊誌が異口同音に書いていた。私は教科書がおかしいといわれても、文部科学省の検定があるのだから、おかしいと言う方がおかしいのではないかと思っていた。ただ、日教組の活動が何かと話題になっていたこともあって、なんとなく頭の中にひっかかるものがあり、当地で教科書を扱っている書店を探して、栃木県内の中学校で使われている歴史教科書を購入して読んでみた。その結果、月刊誌などで問題にされていることはその通りであることが分かって驚いた。どうしてこれが放置されてきたのか不思議に思えてならなかった。

最初に教科書を読んだ時、強く印象に残っていることがいくつかある。例えば、目次の前の見開きの所に、一頁を割いて徳冨蘆花が自分の部屋の床の間に安重根が書いた掛け軸を飾っていたことを、写真付きで説明してあったことである。そして徳冨蘆花が朝鮮の民族運動家・安重根の考え方や書に高い関心を示していたという説明があった。

徳冨蘆花は、『不如帰』などの小説で有名な明治、大正期の作家である。安重根は明治四二(一九〇九)年に満州のハルピンの駅頭で、初代朝鮮統監・伊藤博文を暗殺したテロリストである。説明文には「伊藤博文を射殺した安重根……」という表現があった。日本の教科書に書くなら「伊藤博文は安重根に暗殺された……」と書くべきではないかと思った。

この教科書で暗に言おうとしていることは、安重根による伊藤博文の暗殺を正当化、またはそれなりの理由があったと言おうとしていることがみてとれる。

事件の真相は当局や専門家が詳細を検証しているが、このような説明をつけて教科書に載せるべきことではないと思った。教科書編纂にイデオロギー的な意図があることを示していると私は感じた。

もちろんこの教科書にも、わが国の歴史と世界史との関連、各時代の文化・文明の説明や交通、交易の発展等、ごく普通に読むことができるところは多くある。しかし少し詳しく調べれば、各所に支配者は庶民から出来るだけ多く搾取することを述べ、どの時代でも農民、庶民は貧しく悲惨な生活を強いられたという説明が多い。農民はこれに耐えられずに立ち上がる一揆の説明の頻度の多さ、その説明の詳しさが際立っている。

また、わが国の近現代史では、記述の力点が専ら日中戦争、太平洋戦争における日本軍の中国、朝鮮、東南アジア、沖縄などにおける悪逆非道な振る舞いにおかれていて、一般の歴史書にはきちんと書かれているような歴史上の事象の脈絡を分かるように説明していない。

さらに、この教科書の「まとめ」にある「日本の役割と課題」には、人権の尊重（部落差別の撤廃、在日韓国人やアイヌ人に対する偏見、差別をなくすこと）、信頼の獲得（日本の侵略の犠牲になった人々への償いを実施することによる）、平和の追求（戦前のような軍事大国にならない反省による）のみが書かれている。

そして、わが国がこれからの国際社会でどのように生きていくかの例として、韓国の徴用工に対して戦後補償を求めて裁判を起こした韓国人の写真をのせて暗にそのことを示している。このような取り上げ方は、隣国の被害者に名を借りた政治的宣伝とも感じられ、教科書に書くべきことではないと思う。賠償、補償問題は、一九六五年の日韓基本条約で解決しているというわが国の基本的な考え方に沿っていないからだ。

現在、働き盛りの年代の人たちは皆、このような教科書で歴史を学んでいるのである。

さすがに現在の教科書では、謝罪一辺倒のまとめと、徴用工の写真は省かれている。その代わりに、わが国の歴史的経験を生かして、世界の人たちと共生できる社会をつくろうとか、地球市民として持続可能な社会が実現することを考えよう、などと書かれている。しかし、これらは抽象的で具体的な行動目標にはなっていない。

私は、歴史を学ぶ本来の目的を考えるなら、まとめとしては、わが国の歴史にみられる独自の特色を気付かせることが肝要なことであると考える。

例えば、極東の四つの島で独自の文明を発展させてきたこと、古代から素性の良い民主的な治世が数多く行われていたこと、さまざまな戦いはあったが総じて温和な民族として生きてきたこと、中世においても広く庶民にいたるまで文化的な営みがあったこと、祖先が神話の時代にまでさかのぼる皇室の存在があり国民統合の象徴となっていること、近世にあってはいち早く近代国家をつくりあげたこと、など多くの特色がある。これらのことを知り、理解することが、将来外国の人たちと対等な立場で話し合ったり交渉したりするために必須のことであると思う。

しかし、長年にわたって、歴史教科書で前述のような扱いをしていたことは、徴用工の補償問題をより深刻なものにさせる一つの要因になっていることが考えられる。また慰安婦問題なども同様である。歴史教科書がわが国と韓国との問題を焚きつけているのである。

現行の教科書づくりの基本的スタンスは、いわゆる階級闘争史観であり、また、近現代においては、わが国が一九世紀後半から悪質な侵略国家であったとの前提のもとに、史実を歪曲して記述しているところがある。

歴史教科書検定の現状

このような歴史教科書が、文部省の検定に合格していることが不思議であったが、憲法では思想、信条、言論、出版の自由が保障されていて、検定でこれらに口出しすることはできないのだという。

史実の誤った記述、過度の偏向についてのみ検定意見をつけて、訂正を要求して直してもらうのが検定であるが、依然として過度の偏向と思われるところが多々あるのは、昭和五七年の検定における「侵略」と「進出」の書き替えに関する誤報事件に伴い設けられた、いわゆる近隣諸国条項という規定によるもので、それによって検定官は訂正を要求できないのだという。

このような教科書のおかしさを知ると、これを等閑視することはできない、という気持ちになった。当時、いわゆる「新しい歴史教科書をつくる会」がつくった教科書の採択を促進するため、全国四七都道府県に支部がつくられて、私も栃木県支部で活動することにした。

この支部のある会合で社会科の教師に会ったので、教師たちがこの教科書はおかしいとどうして疑問の声をあげないのかと聞いてみた。彼によると、この教科書を初めてみた人は驚くが、今の教師はこれに似たような教科書で教えられてきているので、毎年これで授業をしていればこんなものかなと考えるようになってしまうのだという。蛙を熱い湯に放り込むと慌てて飛び出すが、水に入れてゆっくりと温度を上げていくと飛び出さずに茹で蛙になってしまうという、あのブラックユーモアの通りなのである。

定年退職後、私がこの活動をしていることを知り合いに話すと、どうしてそんな活動をするのか、と不思議がられることが多かった。また、いつから右翼になったんですかと、いわれることもあった。また、そんなことをして恥ずかしくないのか、と言われたこともあった。歴史教科書問題という言葉は知っていても、その問題が具体的に何を指しているのかは、一般には知られていないのである。

また、この歴史教科書は、左翼イデオロギー団体などの強い反発を受けているため、かなり右寄りのものと誤解されることが多かった。実際に読んでみれば、多くの人が納得できる真っ当な教科書であっても、「左翼対右翼」という構図を感覚的に決め込んで、早合点されるのである。

歴史教科書の誤報問題

歴史教科書問題は、昭和四〇年代から現在にいたるまでの長い間、その検定のあり方、記述内容が問題にされている。これについてはもう何十年も前に議論されているが、昭和五七年に起きた教科書の誤報問題は、今でも教科書検定、教科書の記述内容に大きな影響を及ぼしているので確認をしておく。

歴史教科書に問題とされる記述がされるようになった一つの原因は、昭和五七年の教科書誤報問題に伴い設けられた「近隣諸国条項」である。これは、同年の文部省検定で、文部省がわが国の「中国侵略」を「進出」と書き換えさせた、つまり、わが国の軍事行動を正当化するように書き換えさせたとして一斉に報道され、内外から批判が起こったのがきっかけだった。

ところが、これは誤報で、教科書には初めから「進出」と書いてあったのである。

しかし、この誤報は一人歩きし始め、中国政府が日本政府に抗議し、韓国国会が「日本の教科書書き換え要求決議」を行うという外交問題にまで発展してしまった。当時の小川文部大臣は、国会で「侵略」を「進出」に書き換えさせたことはないと明確に否定している。この肝心なことをきちんと報道したメディアは、残念ながら一つもなかった。

この騒ぎのなか、一カ月後に鈴木善幸首相（当時）の中国訪問が予定されていたため、宮沢喜一官房長官（当時）は、中国、韓国からの圧力を鎮めるため、「政府の責任で教科書の記述を是正する」という談話を発表してしまった。この宮沢談話をもとに、教科書検定基準に「近隣のアジア諸国との間の近現代史の事象の扱いに国際理解と国際協調の見地から必要な配慮がなされていること」という、いわゆる近隣諸国条項が付け加えられた。

歴史教科書の執筆者が、この条項を盾に、わが国の歴史観でなく、中国、韓国の歴史観で史実を説明しても、文部省（現文科省）は検定で修正を求めることができなくなり、教科書の左傾化に歯止めがかけられなくなってしまった。私が以前読んだ教科書にあった、徳冨蘆花が自分の部屋に安重根の書を飾っていたことにまつわる記述もこれによるものだろう。

この教科書の誤報事件は、韓国、中国にわが国の外交のひ弱な姿を露呈してしまい、今の劣悪な日韓関係の大きな要因となったことを、われわれは再認識しておかなくてはならないだろう。

教科書採択に伴う騒動

教科書の採択は、原則四年ごとに行われる採択の年の八月初旬に、教育委員会の会議で決められることになっている。この会議は通常公開である。

これに合わせて「つくる会」系の教科書の採択に反対する左翼系団体、市民活動家はすさまじい抗議活動を行う。議会、教育委員会事務局へのおびただしい数の請願書の提出、ファックス、陳情、電話の繰り返し。さらに会場周辺でのデモ、街宣車での呼びかけ、反対決議の集会、教育委員への脅迫まがいの郵便物が送り付けられることもある。「つくる会」系の教科書が採択される可能性がある採択区には、全国から活動家が集まってきてこれらの活動を行うのである。

「つくる会」の教科書の採択が、最初に問題になったのは平成一三年のことである。

このとき「つくる会」の栃木県支部では、県内の主要な採択区の教育委員や議会に、「つくる会」の教科書を理解してもらえるよう働きかけをしていた。栃木県内の下都賀採択区で、この教科書が採択される可能性があるとの情報が流され、全国的に注目が集まった。四月ごろから毎日のように新聞、テレビで報道された。

その時、あるテレビ局の若い記者から、取材の協力を依頼されたことがあった。

その一、二ヵ月後、再びその記者に会う機会があったので、私が彼の意見を聞いたところ、彼は立場上、予断をもってどちらの教科書を採択すべきかを考えてはいけないと思いながらも、心の中では「つくる会」の教科書が採択されて欲しいと思ってしまう、と言った。その理由を聞いたところ、忙しくてそれぞれの教科書の内容を十分調べてはいないが、「つくる会」の関係者は揃ってジェントルマンであるが、反対派の人たちはヤーさんに近い人たちが多いからだと言った。

八月の採択の日も近くなったある日、その記者からそのテレビ局の三〇分番組でこの間の調査報告をするとの連絡があったので、その番組を興味深くみた。司会者がこのような騒ぎになる教科書を採択することは何らかの問題があるのではないか、という立場からさまざまな質問をしてくることに対して、その記者は当たり障りのないことを答えたので、私はもどかしく思った。

組織の中で本当のことを言うことは難しいことではある。また、問題は多忙の中、二、三ヵ月程度のあいだに教科書の内容を理解することもできないことである。

不思議なことに主要な新聞、テレビはこの反対運動を支持して、扇動的に情報を流すことが通例となっている。

今田忠彦さんは、横浜市の教育委員長を長年務められ「つくる会」系の教科書（現在は、扶桑社版がある）を採択するに当たって経験されたことを、著書の中で次のように書かれている。

「また地元紙をはじめ一部のマスコミが公正さを装いながらも、不採択運動を支援する報道を繰り返す。そのような状況のなかで、名誉職的に任命された教育委員に何ができるのか、どこまで力を発揮できるのか、容易なことではなかった」

（『横浜市が「つくる会」系を選んだ理由』産經新聞出版）

教科書をよく調べて、これが良いと信念をもって採択を決めても、その後も厄介なことが起こる。少し長くなるが同書より引用する。

「採択後は、自分たちの主張と反対の採択結果に対するさまざまなクレームをつけ、抗議やその取り消しを要求してくる。それを議会の一部の会派が後押しし、教育委員たちに厳しい質問を投げかけてくるのである。

横浜はもとより、日本各地でそうした流れが定着しており、各地の教育委員会では、抗議運動に対する一種の恐怖感や嫌悪感がいきわたり、事務局案をとりあえず追認するという形で採択が繰り返されてきた。今の時代に信じ難いことだが、それが現実だった」

これは「つくる会」系の教科書採択に関わった、ほとんどすべての人たちの代弁になっていると思う。

歴史教科書採択のあり方

「つくる会」系の教科書採択に反対する大きな潮流は、ここ数十年にわたって厳然として全国に行きわたっている。

このような状況の中で「つくる会」系の教科書を採択するために必須の事項は、以下の通りである。

・教育委員が、教科書編纂に当たっての基本方針や記述内容をしっかり調べて、採択に当たっては毅然とした態度で臨む

・教科書調査員が、調査研究報告書の作成に当たっては、教科書の体裁を評価するのではなく、

教科書編纂に当たっての基本的な方針と記述内容を調べて報告書を作成する

・教育委員会事務局は外部からの圧力に押されて、事なかれで前例を踏襲しておくとしない（事務局は調査員が教科書をどのような観点から調べるか、その項目を指定することになっている）

・首長、議会が教科書の内容を理解して、教育委員の背中を押す

しかしながら、これらのことを個々にきちんと行っても「つくる会」系の教科書を採択することは、一般的に難しい。

それは「つくる会」系の教科書採択に反対する大きな潮流が、マスコミの中に存在するからである。左翼系団体や活動家たちは、「つくる会」系の教科書を採択しようとする各採択区ごとに、どこをどのように攻撃すれば一番効果的かを知っているプロ集団である。これに対して、「つくる会」系の教科書の採択促進活動を行うのはアマチュアであり、初めから勝負は決まっているようなものである。

このような反対の潮流を勢いつけている新聞、テレビは、「つくる会」系の教科書採択は外交問題に悪影響力を及ぼすことになるとか、戦争を肯定しているといった扇情的な報道をするが、それは、問題になっている教科書の内容を調べたうえでなされているのではない。これまでと同じように、教科書採択の年に同じ騒ぎが起きれば、そしてその騒ぎが大きければ大きいほど、紙面を大きく割くことができ、視聴率の高い番組が手間暇をかけずにできるからであろ

う。この点では時間軸を少し長くとれば新聞、テレビは週刊誌よりもより週刊誌的である（週刊誌は左翼の不条理な反対運動を批判する記事を書くことがある）。

歴史教科書の採択が正常な形で行われるようになるのは、マスコミがその問題の本当の姿を報道するようになればかなえられるだろう。

例えばマスコミは、「つくる会」系の教科書採択に激しく反対する団体やグループの活動が常軌を逸している、と報道する方が一般受けするだろうと判断した時には、過去にどのような報道をしたなどということにはこだわらず、一斉にその行動の行き過ぎを問題視するだろう。

過去にしていた報道も、今している報道も、常にそのときどきの正義に基づいて行うことで、世の中の情勢の変化によって報道の姿勢を都合よく変えることがあるのだ。

昭和二〇年八月の敗戦の前後で、先の戦争に対する新聞の論調は百八十度変わっているし、それ以前も、軍部のやり方（行動）を批判していたほぼすべての新聞が、昭和六年九月に陸軍が満州事変を起こしてからは、軍部を擁護する論調に変えている。

歴史と公民の教科書採択については、教育の現場にあってはならないイデオロギー闘争の現場となっている。左翼団体や市民活動家は、自分たちと同じ考え方をする勢力を、長い目でみて自分たちの支援をする勢力の拡大を目的として扱っている。子どもたちに平和の尊さを教えるという美名のもとで、政治活動を行っているのである。

歴史教育で必要なのは、決して偏狭なナショナリズムではなく、過去の史実をできるだけ客観的に眺めて、自分たちの先祖の活躍に感動し、失敗を反省し、国民の一人として何らかの貢献をする心構えをはぐくむことである。その視点に立っていられさえすれば、自国の歴史を学び、自信とやる気をもたせるための歴史教科書がどうあるべきかは、自ずから明らかであると思う。

自由社の歴史教科書検定不合格の意味するもの

自由社の歴史教科書の一発不合格

前述の通り、小・中・高等学校で使われる教科書は、通常四年ごとに改定される。一年目に教科書発行会社が改訂版を編集・作成し、二年目に文科省の検定を受け、指摘された欠陥箇所を修正して合格させる。三年目には全国各地の採択区ごとに採択する教科書を決め、四年目から各学校でその教科書を使って授業を行う。

中学校で使う教科書については、令和二年が教科書採択の年に当たる。したがって、教科書の検定は平成三一年と同じ年ながら、元号が変わった令和元年にかけて行われた。

この検定において、自由社版の歴史教科書が検定で不合格となった。令和二年の「正論」四月号などで藤岡信勝氏などが解説されていることを参考にして、この検定の顛末の概略をみることにする。

通常、教科書の改訂版は、検定期間中に文科省から指摘された欠陥箇所を修正すれば合格になっていたので、自由社の改訂版が検定で不合格となったのは異例である。これは平成二八年に検定制度が改定され、欠陥箇所が一定以上の数を超えたものについては、その時点で一発不合格とする規定が適用されたからである。一発不合格とされても、わずかながら反論できるという規定はあるが、事実上覆すことはできないので詳しい規定の説明は省く。「欠陥箇所が一定以上の数」とは、改訂版教科書の頁数に1・2を乗じた数である。

今回の自由社の改訂版は三一三頁であったから、その1・2倍の三七六箇所以下であれば修正して合格という通常の手順で進めることになったと考えられる。しかし、指摘された欠陥箇所が四〇五であったため、不合格となった。四〇五という数は多いと感じられるが、欠陥箇所には漢字等表記の適切さ、不正確さ、誤記なども入るから、多数入ることは普通のことなのである。

欠陥箇所とされた点は、教科書調査官が「生徒が誤解するおそれがある表現である」「生徒が理解できないおそれがある表現である」とされたところが圧倒的に多く、両者を合わせると二九二箇所（全体の七二・一％）に及ぶ。

例を挙げれば、「朝鮮併合後、創氏改名を行ったが、強制ではなかった」との記述に対して「生徒が誤解するおそれがある」とされた。執筆者がまっとうな反論を行ったが「反論は認められない」と一蹴されたという。また、「一九四九年、……中華人民共和国（共産党政権）成立」との記述には「生徒が誤解するおそれがある」として欠陥箇所にされた。「共産党政権」は余計な記述とされたのであるが、共和国は名ばかりで実質は共産党政権であったから、専門書でない教科書にこのように書くのが妥当である。木を見て森を見ず、である。

さらに検定は平成三一年から同じ年の令和元年にわたって行われたが、申請本の印刷が間に合わず、新元号を「〇〇元年」としたところも欠陥箇所とされたという。

このような指摘は調査官の主観、主義による判断とあら探しでされるから、いくつでも増やすことができる。三七七以上の欠陥箇所を探し出すことを目的にして調べて、四〇五の欠陥箇所を指摘して一発不合格としたことが容易に推定できる。

令和元年の検定以前にも、教科書の記述内容について、自由社版の著者たちと文科省との間で、史実の扱い方について見解や考え方の相違があった。具体的には、従軍慰安婦、南京事件、聖徳太子、坂本龍馬などについてである。

自由社版の著者たちは、普通の歴史書と同じように教科書で記述すること、また現行の教科書では、記述内容の重点の置き方が一般的な考え方に沿っていないことを指摘した。その指摘はごく妥当と思われるが、文科省は現行の教科書の記載をよしとしているようにみえる。藤岡氏はこれまでの経緯から、文科省の意趣返しではないかと述べているが、まったくその通りであると思う。

教科書検定基準にある「近隣諸国条項」がどのようなものであるかは、本書でも前項でやや詳しく書いたが、今回の検定不合格にもその影響があるように思われる。前述の「創氏改名」や「共産党」の説明が欠陥箇所とされたことも、両国への過剰な配慮ではないだろうか。

この条項は、一見高邁な精神のもとに書かれていると読み取れるように、当たり障りのない文章で書かれているが、実質的には、中国と韓国との外交関係に配慮して、両国からの物言いを避けようということであり、これでは教科書の左傾化に歯止めがかからなくなってしまう。

この「近隣諸国条項」を加えるに当たっては、文科省は内政を干渉されることになるとして強く反対したが、中国、韓国からの圧力を鎮めようとする外務省の強い圧力に屈して設定されてしまったことが、当時、官房総務課長の職にあって騒動の渦中にいた加戸守行氏（前愛媛県知事）が「正論四月号」に詳しく書いている。

自由社版の歴史教科書を一発不合格としたのは、表向きは四人の教科書調査官とされているが、常識的に考えて、これだけ大きな問題を担当の調査官だけで決めることはできないだろう。

今回のことについて、文科省を含めた官僚の関わりは分からないが、一般的にみられることは、高級官僚ＯＢとの関係、省庁間の力関係が絡んでいるということであろう。外務省はいつも強い発言力をもっているようであるし、現職の官僚は国に忠誠を尽くすとは表向きで、これら伏魔殿とたとえられるような組織の意向に、忠誠を尽くすことがしばしば露見している。

安倍総理は、若手の議員であった頃から、教科書正常化に取り組んできているし、萩生田文科省大臣もその運動に積極的に参加してきているので、この時期に教科書正常化に逆行するようなことが整然と行われてしまうことは、政治に対して強い不信感を抱かせる。大きな方向は政治が決めるものとされているが、政治のあずかり知らないところで、行政が勝手に進めていることが明らかである。

子どもたちに、自国の歴史をどのように教えるかは、子どもたちが成長してどのような社会人になるかに影響を及ぼす重要な事柄である。現行の大多数の歴史教科書は、戦後に日本人が自ら考えた歴史観でなく、東京裁判史観や階級闘争史観でつくられている。一般の人たちとは異なる歴史解釈のもとに編纂されている。このことに我々はもっと強い関心を持つべきであると思う。

また、先にも述べたように、歴史教科書採択に当たってのマスコミの偏向した報道姿勢を知っておく必要があると思う。

自由社版の歴史教科書が葬り去られるということは、現行の歴史教科書がこのままで良い、と判定されたも同然である。本当にこれで良いのか。現行の教科書に問題があるからこそ、自由社版がつくられたのではなかったのか。

次に現行の教科書を改めてみてみることにする。

現行の歴史教科書を点検する

平成九年度から、中学校で使用されるすべての歴史教科書に「従軍慰安婦」という用語が載せられることになった。最も多く使われている教科書では「従軍慰安婦として強制的に送りだされた若い女性も多数いた」と記されていた。

教科書はこれに限らず、いわゆる「自虐史観」による記述が多くなり、これに危機感を抱いた憂国の有識者により「新しい歴史教科書をつくる会」が結成され、正常な教科書をつくる活動が始められた。

平成二六年、朝日新聞が長年にわたって繰り返し報道してきた従軍慰安婦に関する記事は、詐話師の吉田清治の作り話が基になっていたことを認め、それらの記事を誤報であったことと し取り消した。これらのことにより、中学校の歴史教科書から従軍慰安婦なる用語は使われなくなったが、多くの教科書編纂における自虐史観、階級闘争史観、東京裁判史観という基本的スタンスは変わっていないように思う。

現行の歴史教科書の内容をいくつかの項目について調べてみることにする。

一、飛鳥時代・奈良時代

七世紀から八世紀にかけては、聖徳太子の政治から大化の改新を経て律令制がととのえられた時代で、初めて国としての形ができた大きな転換期であった。教科書としては、それらの制度とその意義を分かりやすく説明すべきである。

しかし、現行の教科書では、それらの制度について年表を文章化した程度の簡単な説明で済ませており、そこに支配者（貴族）が広い家に住んで贅沢な暮らしをしていたのに対して、庶民が貧しい暮らしをしていたことの説明がなされているだけである。庶民の食事が粗末なものであったこと、さまざまな税金に苦しんでいたことを食事の写真や税金の一覧表を使って説明している、いわゆる階級闘争史観による記述である。

二、元寇と秀吉の朝鮮出兵

一三世紀初頭からモンゴル帝国はその版図を広げ、西ヨーロッパからアジア中央までを勢力下に治めていた。日本をも征服するため大軍を編成して二度にわたって攻め込んできた。いわゆる元寇（一二七四年の文永の役、および一二八一年の弘安の役）である。これは明らかに征服を目的とした侵略行為であるが、教科書には「モンゴルの襲来」と書いている。これ「襲来」という用語は、通常、台風などの自然災害のときに使われる。侵略目的で外国から襲われたときには、もっと切迫感がある表現が適切であると思う。

一方、現行の教科書では、秀吉の二度にわたる朝鮮出兵を「朝鮮侵略」と書いている（一五九二年の文禄の役、および一五九七年の慶長の役）。

当時は、スペイン、ポルトガルがアジアへの進出を進めていて、マニラを支配下に置き、次いで中国（明）と日本への侵出を計画していた。秀吉はこれに対抗し、先んじて明を征服するため、その要路となる朝鮮に出兵したのである。当時の国力からしても無謀な戦争を仕掛けたことになるが、その意図を分かるように説明すべきである。戦場になった朝鮮では多数の死傷者がでたこと、国土が荒廃したことは事実であるが、しかし、このことについてだけ殊更に教科書で詳しく書くだけでは歴史の真の姿が分からない。

モンゴルに攻め入られたときには「襲来」と書き、朝鮮に進出したときには「侵略」と書くのはバランスを欠いていると思う。

三、江戸時代

約二六〇年続いた江戸時代には戦争はなく、国内においても大きな闘争はなかった。その時代は鎖国をしていて、士農工商の身分制度があり、百姓は高い税金や乏しい食糧で苦しい生活をしていたという暗いイメージがあったことを覚えている人も多いと思う。

しかし、その後の研究によると、実際にはこのイメージとは大きく異なり、経済活動、流通システム、世界中からの情報の収集、科学技術、文化芸術、庶民の民度など、多くが高い水準にあったことが分かっている。教科書には新しい研究成果に基づいて記述するべきである。

現行の教科書をみると、各項目とも万遍なく説明されているが、この時代の技術や民度の高さが、明治維新以後、急速に近代化することができた素地であることが分かるように説明されていない。この時代においても、庶民、農民の生活の苦しさや差別についての説明が各所でされていて、一六八〇年から約二〇〇年の間に起きた、百姓一揆と打ちこわしの年度ごとの件数が図表で示されている。これは専門書でもない教科書に載せるべきことなのだろうか。また、一揆の中心人物が分からないように円形に署名した「からかさ連判状」の写真がある。この他にも一揆の説明が多い。

「教育のひろがり」の項では、「庶民の間にも教育への関心が高まり、町や農村にも多くの寺子屋が開かれ、読み・書き・そろばんなど実用的な知識や技能をおしえました」と淡々と書いているが、これが当時世界的にみても圧倒的に高い識字率七〇％までもたらし、民度の向上につながり、明治維新以後、急速な近代化の原動力になったことを気付かせる説明をするべきであると思う。

四、明治維新

明治新政府の大きな課題は、先進各国と、幕末に締結させられた関税自主権と治外法権に関する不平等条約を解消して、平等なものにすることであった。また、新しく独立した民主主義国家となるため、国力を高めることは喫緊の課題であった。

明治の初めから短期間の間に近代化を果たしたことは世界的にみてもまれなことである。

現行の教科書をみると、明治維新の諸制度の設定については問題点の指摘ばかりが目立つ。

「新政府の成立」の「藩から県へ」の項目では、「…また、新政府は限られた直接の支配地から厳しく年貢を取り立てたため、人びとの不満は増加し、一揆がしきりに起こりました」「身分制度の廃止」の項目では、『「解放令」をよりどころにしながら、差別からの解放と生活の向上を求める動きが各地で起こりました』とあり、「徴兵令」の項目では「兵になる義務を負った農民が、徴兵反対の一揆を起こすことがありました」とある。また「地租改正」の項目では、「税の負担はほとんど変わらず、各地で地租改正の一揆が起こりました」といったように否定的なことを書いている。

物事には常に光の部分と影の部分がある。このように影の部分を強調するだけでは、本当の歴史の姿は理解できないのではないだろうか。

五、ロシア革命

二〇世紀は、共産主義というイデオロギーの勢力によって、世界中が繰り返し戦争に巻き込まれた時代である。そして共産主義国においては、繰り返し行われた粛清によって、おびただしい数の人たちが犠牲になった。一九八九年にソ連が崩壊し、現在残っている共産主義国や一党独裁国家の惨状からこのイデオロギーが人々を幸福にしないことは明らかである。

現行の教科書の記述をみてみる。

「ロシア革命」の項目では、「国境をこえた労働者の団結と理想社会を目指す運動になった。

（中略）社会主義者レーニンの指導の下、ソビエトに権力の基盤を置く新しい政府ができました（ロシア革命）。この革命政府は、史上初の社会主義の政府でした」とある。

「ソ連の成立」の項目では、「革命政府は、銀行や鉄道、工場など重要な産業を国有化し、土地を農民に分配するなど、社会主義の政策を実行する一方で、民族自立を唱え、ドイツと単独で講和を結んで、第一次世界大戦から離脱しました」とあり、「独裁と経済計画」の項目では、「スターリンは、ソ連一国での共産主義化を優先し、一九二八（昭和三）年から五か年計画を始めて、重工業の増強と農業の集団化を強行しました。この計画経済によって、ソ連の国力をのばしました」と書いている。

これらの政策は、人間本来のあり方に矛盾するものであった、という反省は述べられていない。歴史教科書は未だに共産主義の幻想の中にいるのである。

ただ計画経済に批判的な人々が、追放されたり処刑されたりして多くの犠牲者が出た、との言及はあったり、コラムの中で、ソ連の社会が非効率になっている、と申し訳程度に書かれている。

六、日中戦争

この戦争も、日本が侵略国であったことを前提にしてさまざまな記述をしている。

戦争が勃発した昭和一二年までのわが国の立ち位置、中国の国内情勢やアメリカ、ソ連、ドイツの中国における思惑を考慮しなければこの戦争の本当の姿は分からない。

日中戦争の勃発となった盧溝橋事件（昭和一二年七月七日）は、中国側からの発砲であったことは明らかにされているが、その四日後には停戦協定が結ばれている。実質的な戦闘は、八月一二日に起きた上海事変からである。これも中国側からの一方的な攻撃であった。

中国の大部隊が日本艦隊、日本軍駐留地、租界の中の日本人居留区などを、執拗に攻撃してきた。上海には居留民保護のため、約四〇〇〇人の海軍陸戦隊がいたが、極力戦闘を避けていた。上海には国際租界があり、各国の報道記者が常駐していた。彼らがこの戦闘の模様を報告しているが、いずれも日本軍は戦闘の繰り返しを望んでおらず、我慢と忍耐力を示し、事態の悪化を防ぐ努力をしていると打電している。

しかし、教科書には「戦火は中国中部の上海に拡大し」と書かれているだけである。そして、南京事件については「その過程で、女性や子どもなど一般の人々や捕虜をふくむ多数の中国人を殺害しました（南京事件）」と書かれている。

南京事件は、終戦直後に行われた東京裁判の際、突如言い出されたものである。その実態には諸説があるが、この事件を説明するときは、南京戦の司令官に任命されていた唐生智が、南京から逃げ出してしまい、軍の指揮命令系統がなくなり、多くの中国兵が便衣兵となってゲリラ戦を仕掛けてきたため、日本軍はその掃討戦を余儀なくされたことを説明しなくてはならない。また、日本側からの多数の和平工作が、中国国内の事情や関係各国の思惑で成立しなかったことも特筆すべきことであるが、教科書には一切書かれていない。

日本がこの戦争をなぜ行ったかは、当時も今も納得できる説明がされていない。ただ、アメリカに対抗して、中国における権益を守ろうという意識と、国際法を無視した中国の外交方針やそれに伴う反日、侮日行為に倦んでいる暴虐な中国を懲らしめよ、という機運の世論に押されたことはあった。

七、太平洋戦争

この戦争では、わが国は惨敗を喫した。国内の主要都市は廃墟と化し、多くの兵士、市民が凄惨な状況下で命を落とした。戦争の原因、特に、明治憲法下の制度の破綻や、軍部の政治介入などを調べて深く反省をしなければならない。その反省の上に立って、再生の提言と実行を行わなくてはならない。教科書の記述もこのような状況を基に記述されるべきであると思う。

この太平洋戦争について、現行の教科書では、わが国の不条理な侵略的な行動がこの悲惨な敗戦をもたらしたことを説明している。「太平洋戦争の開始」の項をみると、「日本が侵略的な行動をとる中で、日米関係は悪化していきました」「日米交渉の席でアメリカが、中国とフランス領インドシナからの全面撤兵などを要求すると、近衛内閣の次に成立した東条英機内閣と軍部は、アメリカとの戦争を最終的に決定しました」など、いわゆる東京裁判史観によって書かれている。

そして、この戦争に関係した九ヵ国の敵味方の組み合わせの図が載せられているが、各国にどのような思惑があったかを説明しなければ、戦争の原因が日本にだけあったことになってしまう。少なくともアメリカ、ソ連などの主要対戦国の政策を説明しなければならない。

現在、日本とアメリカは日米安全保障条約を結んでいる同盟国であり友好国である。しかし、この戦争では広い太平洋上で死闘を繰り広げた敵国であった。この戦争に至るまでにアメリカのわが国に対する敵愾心は次第に強くなっているが、その源をたどれば日露戦争にまでさかのぼる。日本のアジアでの台頭に警戒し、特に中国での権益をめぐって妥協ができず、また、人種差別意識も加わって、わが国に無理難題を押し付けてきた。

このように、わが国が立ち上がらざるを得ない状況に追い込んだ事実を、教科書では書くべきであると思う。

また、ソ連もコミンテルンを組織して、日本が中国で戦争を続ける工作をしたり、アメリカでは日米対立を画策したことも説明すべきである。

太平洋戦争の悲惨な敗戦の反省から、われわれはともすれば、戦争について正面から考えることを忌避してきたように思われる。しかし、戦争の反省には、自国の問題と相手国にあった思惑をできるだけ多く、そして詳しく調べなければ、戦争の本当の姿を理解することができないのではないだろうか。

ここでは現行の教科書のほんの一部の問題点を指摘したが、自由社の教科書にはかなり明確にこれらのことが説明されている。この教科書を葬り去ることは、生徒が正当な歴史を学ぶ機会を奪うことになり、深く憂慮される。

教師、教科書の役割

優秀な教師とは

一般に、学校の教師に対しては「このような人であるべきだ」という思い、さらに「優秀な教師はこうでなくてはならない」という思いがあるだろう。

例えば、生徒への分かりやすい説明、黒板の活用（必要な内容、字の大きさや書体）、テスト問題の作成、授業時間内での重要事項説明の配分など、多くのことが要求される。

また、生徒に対する接し方も重要である。生徒との人間的な繋がりを持てること、生徒に疑問をもたせて適切なアドバイスができること、感情的にならないこと、できる子・できない子の双方に対応できることなど、こちらも多くの能力が要求される。

参考までに文科省に出された答申「新しい時代の義務教育を創造する」（平成一七年）では、

優れた教師の条件について、以下の三つの要素が重要であるとしている。

1　**教職に対する強い情熱**

教師の仕事に対する使命感や誇り、子どもに対する愛情や責任感など

2　**教育の専門家としての確かな力量**

子ども理解力、児童・生徒指導力、集団指導の力、学級づくりの力、学習指導・授業づくりの力、教材解釈の力など

3　**総合的な人間力**

豊かな人間性や社会性、常識と教養、礼儀作法をはじめ対人関係能力、コミュニケーション能力などの人格的資質、教職員全体と同僚として協力していくこと

どのような職業にもいえることであるが、教師の仕事も完全にやりこなすことは難しく、一般にはこれらのことをどれだけ行えるか、どれだけ近づけるかが現実の姿であろう。

これら優秀な教師が持つべき資質は、教育を遂行するに当たっての条件を、落ち度がないように羅列したものであって、本当に重要なこととは必ずしも合致しない点があるように思う。

生徒の目は大人よりも厳しい

誰にでも、子どもの経験があるから、当時学校の先生方をどのように見ていたかを思い出し

てみれば、大人とは少しちがう側面があることに気づくと思う。子どもたちは、大人が「こうあるべき」と考えるような杓子定規では、先生を評価していない。

私は、幸い小学校から大学まで、多くの尊敬できる先生方に恵まれ、良い思い出が数多くある。

私が小学五、六年生の二年間、担任をされた先生は、台湾で教師をしていて、終戦後、内地に引き揚げてきた人だった。普段の行動も授業で教えられる時も、堂々とされていたことが強く印象に残っている。冗談も言われるが、厳しいことをはっきりと言われた。

当時は生徒が悪さをすると、げんこつやビンタをされることは当たり前だった。ある時、喧嘩ばかりする生徒に「どうして喧嘩ばかりするのか！」と言って、そこにあった板で頭を強く叩いたところ、その板が割れた。そして先生は「この石頭め！　板が割れてしまうではないか」とまで言った。頭を叩かれた生徒は大きなタンコブをつくったが、決して先生に反抗したり、恨むようなことはなかった。先生は普段、体を張って教師としての仕事をされておられ、生徒一人ひとりのことも考えて、信念をもって教えておられることを生徒たちも分かっていたからである。

中学を卒業した二〇年ほど後のある年の正月、同級生が数人誘い合って、先生のお宅にお伺いしたことがあった。先生はその年の前年の秋、台湾の教え子たちの同窓会に招待されて、台湾に行ってきた、と言われていた。このように、台湾で教師をされていた先生たちが、教え子たちに招待されたということは、その後もしばしば耳にしている。

中学校の経験でいうと、ある先生の授業では、クラス中が真剣に聞いているが、他のある先生の授業中にはいつも私語があったり、騒がしくなっていた。先生によって従順になったり、反発したりしていたのである。

私は大学院生の時、家庭教師や私立高校の化学の授業の非常勤講師のアルバイトをしたことがある。家庭教師では、子どもの理解度に合わせて、時間の経つのも忘れて熱心に教えた時には、その子どものテストの成績が驚くほど良くなるが、お役目として適当な教え方をした時にはテストの成績がさほど良くならなかった。

高校の授業では、下準備をしてこの項目はこのように教えようと意気込んで教えた時には、生徒たちは目を輝かせて聞いていて、感心するような質問が出る。しかし、他の事で忙しくしていて下準備をおろそかにしていながら授業を行うと、教室の後ろの方では私語が始まったり、私が黒板に説明内容を書くため、後ろ向きになった時には教室の後ろの方の生徒が教室から出たり入ったりしている。私語をやめるように注意すると、その時は収まるが、しばらくするとまた始まる。生徒たちは先生の熱心さを敏感に感じ取って、遠慮なく行動に現すのである。

生徒たちは動物的な鋭い感覚で先生の熱心さ、資質を見分ける。全ての先生方に、全ての授業で、また、生徒に接する時の態度に、完全を望むことは難しいが、子どもたちに熱意を示し、興味を持たせる努力をすることが何よりも大切なことであると思う。

よい教科書とは？

前述の文科省の資料にあったように、理想的な教師になることは難しい。しかし、子どもからみて興味を抱かせる授業を行い、憧れの対象になるような教師に近づくことは、心掛け次第である。

中学校社会科の授業づくりのため、平成二九年の「学習指導要領」では次のようなことが謳われている。

○歴史的分野

我が国の歴史に対する愛情、国民としての自覚、国家及び社会並びに文化の発展や人々の生活の向上に尽くした歴史上の人物と現在に伝わる文化遺産を尊重しようとすることの大切さについての自覚などを深め、国際協調の精神を養う。

○公民的分野

現代の社会的事象について、現代社会に見られる課題の解決を視野に主体的に社会に関わろうとする態度を養うとともに、多面的・多角的な考察や深い理解を通して涵養（かんよう）される、国民主権を担う公民として、自国を愛し、その平和と繁栄を図ることや、各国が相互に主権を尊重し、各国民が協力し合うことの大切さについての自覚などを深める。

平成五年の学習指導要領には「歴史に対する愛情」「自国を愛し」などの文言はなかったが、平成一〇年に改定された学習指導要領にこれらの文言が盛り込まれた。

当時、これらの文言を導入することには、「内心の自由を侵害」「教育内容への国家介入」することになるとして反対もあった。一方、教育現場では国歌斉唱、国旗掲揚に反対する行動が東京都やいくつかの都市で繰り返されていることに鑑み、総合的な判断でこれらの文言を盛り込むことになった。これらの文言については現在でも反対している人たちがいる。

私は、「愛情」という言葉をこの要領に入れることは、今の状況から考えても入れた方が良いとは思う。しかし、入れたから状況が変わるものではない。この要領に沿って、殊更に授業で国に対する愛情を深めるため、どのように教えるかなど、考えなくても良いと思っている。

自分が属するところがどのような状態であるかは最大の関心事であって、家族愛、郷土愛、祖国愛は、普遍的なものであって誰も疑問を感じない。家族に良いことがあれば嬉しいし、夏の甲子園大会で郷土の代表高校が勝ち進めば応援し、サッカーのワールドカップで自国が勝てば大喜びをする。オリンピックでメダルを取れば喜び、取れなくても国際舞台で自国の選手が頑張っていることを見れば元気づけられる。スポーツだけのことではなく、経済、文化、科学技術などの分野でもみな同じである。

過去の歴史に目を向けると、祖国愛が顕著に表れるのは、戦争の勃発時であろう。わが国は先の大戦中にきわめて強く意識して戦い続け、大きな惨禍をもたらした。非常事態にあったとはいえ、あってはならないような犠牲を強いた。今でも日本で愛国心と戦争が結び付けられるのはこのためであろう。そして、戦争を考えることまでも忌避されるのもこれによるものであろう。

ただ、考えなくてはならないのは、祖国愛は全ての国にあり、戦争の開戦に当たっては全ての国が祖国愛によってその大義を主張することである。自国の大義と戦争の相手国の大義のどちらに正当性があるかは、戦争中と戦争直後には評価することは難しい。その戦争が歴史として語られるようになって、はじめて議論できるようになる。それでも真の正当性は各国の利害関係が絡んで結論付けられることはない。

戦争のない平時においても、国際舞台での各国の思惑を読んで、外交問題で衝突が起きた時、自国が有利になる条件で収められるように準備されていなければならない。隣国はもとより、遠くにあって利害関係が生じる国々でも祖国愛をむき出しにしている現状で、戦争をいかにして避けるかは真剣に考えておかなくてはならない。戦争を考えることを忌避していては、すまされないことであろう。

子どもたちに、自分の家族、郷土、祖国を愛する心、誇りを持たせるために、特別なことをする必要はない。学校や普段の生活で幸福感、誇り、自信、やる気を高める環境を整えておくだけで良いのではないだろうか。自国の今やそれまでの歴史をありのまま教えることで十分である。既に述べたように、幸いわが国には良いところが数多くある。

歴史を客観的にみて、自国の優れていることを学んで嬉しく思うのは当たり前のことである。自国の失敗を知って反省するべきことも学ばなくてはならない。

私が読む限り、「つくる会系歴史・公民教科書」に自国を愛する心を教えるべきだ、などとは書かれてない。歴史の光と影の部分で、光の部分を強調していることはなく、両者をバランスよく書いていると思う。先の大戦の成り行きや、わが国の反省すべき点も書いている。偏狭なナショナリズムを煽るようなことはもちろん書いていない。子どもたちは、光の部分があることを学んで、自然に自国に対する愛着を覚えることになると思う。

前項で述べたように、多くの現行の教科書は、自国の歴史の中の影の部分を殊更に協調する傾向が見られるように思う。また、隣国の視点で、わが国のことを問題視する記述が多い。また、どの時代においても、過去に起きた出来事がなぜ起こったのか、俯瞰的な視点での説明がされていないと感じられる。

子どもたちは、日常生活の中で多くのことを学ぶ。教科書だけで学ぶわけではないが、一定の影響を及ぼすことにはなるだろう。また、教師がどのように教えるかも、生徒たちに大きな影響を与える。自国の悪かったことを強調しすぎると、自分や自国を蔑む気持ちを起こさせるだろう。生徒に一面的な考えを教えて、自然なかたちで、自分に自信を持ち、自国に愛情を持つことを妨げる環境をつくってはいけない。

最近は少なくなっているようであるが、小学校や中学校の卒業式で、「君が代」斉唱の際に起立しないとか、国旗掲揚に難色を示す教師や生徒が出ることがある。自然に育まれる「自国を愛する」気持ちを育む環境が、人為的に壊されていたからではないだろうか。

教師が授業をするに当たって、本気で教える気持ちになるような内容を書いている教科書は教材として最も大事なものである。このことを改めて考えてみたいものである。

元スポーツマンの閑話

ゴルファーという変人がいる

懲りることを知らない

ゴルフのショットは、ドライバーで二五〇ヤード飛ばしても、二〇センチメートルのパットを決めても同じ一打である。このようにゴルフの距離の計測は、フェアウエイではヤードであるが、ボールがグリーンにのった途端にメートル単位になる。

また、クラブの長さは、インチで表示されるが重量はグラム、大きさはCCと度量衡(どりょうこう)の統一がとれていない。「私の身長は五尺六寸で、体重は六三キログラムです」と言ったら違和感があるが、ゴルフの場合は違和感がない。ゴルフ発祥の地である英国の伝統と、現代技術の混淆(こんこう)であるからだろうか。

プロとか上級者は、グリーンに近づいてから、いかに思い通り打てるかに拘るが、われわれヘボゴルファーは、ドライバーで〇〇ヤード飛ばしたとか、七番アイアンで〇〇ヤード打てるか、といったスコアとは関係ないことに拘る。ゴルフの一打の良し悪しは、一〇〇パーセント自分の責任であるから用具、特にクラブに対してはヘボも、プロ顔負けの拘りを持っていることが多い。

現在の自分のスイングに、最も適したクラブを選んで使うことは不可能に近い。クラブの仕様は、総重量、シャフトの長さ・硬さ・バランス、グリップの太さ・感触、ロフト、ライ角、ヘッドの大きさ・重心（フェイス、深度）・形などなど、数えたらキリがないほどの要素があって、この組み合わせを考えたら途方もない数になる。したがって、より適したものを選ぶことができるかということである。

メーカーは分かりやすく、一つか二つの魅力的な特性を取り上げて、二〇ヤードは飛距離が伸びるとか、方向が安定するとかをキャッチフレーズにする。ヘボゴルファーでも少しでもスコアを良くしたいとか、一〇ヤードでもより遠くに飛ばしたい、という気持ちが強いから、いろいろと説明されるうちに、その気にさせられて、数万円のドライバーを惜しげもなく買い求める。買い替えるたびに一〇ヤード飛距離が伸びれば、五回買い替えれば五〇ヤード伸びるはずであるが、実際にはそんなことはなく、ほとんど変わらない。

ゴルフバッグには、クラブは一四本入れることができることになっている。通常、一四本またはこれに近い本数を使ってプレーをする。試みにウッドから一本、アイアンから一本の好きなものを選んでもらい、これにパターを加えて合計三本のクラブでプレーをしてもらうと、多くのアベレージゴルファーでは、その人の平均スコアに近くなるという。

要するに一四―三＝一一本は、スコアを良くするために役立っていないわけである。しかし、クラブを三本吊るしてゴルフ場に乗り付けても様にならず、一四本のクラブを入れた重いバッグを担いでいくことが、ゴルファーにとって重要なのである。

ドライバーを持てば、今までに一番良かったショットを頭に描いて、それよりももっと良いショットをと思う。五番アイアンを持てば、同じようにもっと良いショットをと力んで打つからミスが出やすくなるのである。三本のクラブだけと限定されると、この力みがなくなりミスショットが少なくなって、ほどほどのスコアが得られるのであろう。

一四本のクラブを使って、平常心で力むことなくプレーできたなら、スコアはかなり良くなると思うが、ヘボゴルファーは懲りることなく力んでは、ミスショットを連発して悔しがり、次のラウンドでも同じことを繰り返すのである。

会心のショットこそわが命

野球、テニス、ホッケー、ゴルフなど道具を使って、ボールを打つスポーツは多い。野球やテニスでは一球を打つごとに、その結果について良かった悪かったなどと、さほど喜んだり嘆いたりすることはない。これは相手が意図的に打ちにくいボールを、こちらに投げてよこすのだから、打ち損じても仕方がないと言い訳ができるからであろう。

これに対してゴルフの場合には、一打ごとに良かった、ダメだったと大きな感情の起伏を伴う。これはゴルフの場合、静止しているボールを打つのだからその結果は、アドレスした瞬間に突風が吹いて体がふらついたといったような特別な場合を除いて、ほぼ一〇〇パーセント自分に責任があるからである。ティーショットでは、ボールの高さまで自分の好きなように調節して打つことができる。

一緒にプレーをすることのあるTさんに例をとれば、次のような塩梅である。

一番ミドルホールのティーショットが少し左に曲がって、ラフに行ってしまうと、「長い間ゴルフをやっているが、一打目からラフに入れるようではダメだ」と言ってぼやく。第二打は会心のショットで真っすぐ飛んで距離も出たが、グリーン前のガードバンカーにつかまってしまうと、「いくら当たりが良くても、一番ホールからバンカーに入れるようではダメだ」と嘆く。

バンカーからの第三打は、絶妙なショットがピンの近くまで寄せると、「これはラッキーなだけであって、アプローチショットは少なくとも花道から打てるようでなくてはダメだ」とぼやく。一メートルくらいのパットを沈めてパーを取ると、「ボギーになってもおかしくないようなパーを取るようでは、ダメだ」といって嘆く。続く二番ホールから一八番ホールまでも、こんな調子でラウンドを終える。一日中、時間とお金を使ってストレスをためているようなものだから、もうゴルフをやめたらどうかと思うが、いっこうにやめる気配はない。

プロも良いショットの時は、格好良くフィニッシュを決めるが、打ち損じた時には、顔を歪めて体をねじったり、クラブを地面に叩きつけたりすることがある。打ち損じてもポーカーフェイスで淡々とプレーをするプロもいるが、心中は穏やかではないはずである。プロは一打の良し悪しが賞金に直接影響するのだから、その気持ちはよく分かる。アマはそんなことは関係がないのだが、一打ごとになぜか喜んだり悔しがったりする。

ヘボでも、ごくまれにイメージ通りの会心のドライバーショットが出ることがある。この時こそ「私が今までに生きてきたうちで一番幸せ」な一瞬である。

スポーツと混同

クラブ、ボール、手袋などを吟味して、一打ごとに神経を集中して良いショットを心掛けているにもかかわらず、昼食時にはビールなどアルコール飲料を飲むゴルファーが多い。アルコールは注意を散漫にして、ショットに良くない影響を及ぼすことは、誰でも知っているはずである。スポーツの中で、競技中にアルコールを飲むのはおそらくゴルフだけであろう。このことだけで、ゴルフは純粋なスポーツとは言えないと思う。

ゴルフ場の食堂は、単に食事を摂るだけのものではなく、歓談、笑談する雰囲気がある。いわゆる名門といわれるゴルフ場の食堂は、意外に質素なところもあるが、バブル期につくられたゴルフ場では、高級レストラン並みの豪華な食堂となっている。ここでアルコールを飲むのは、ごく自然の成り行きである。ゴルフを純粋なスポーツであると強弁するなら、昼食時のアルコールをやめることが先決であると思うが、これはほぼ無理である。

ゴルフはプレーするたびに、ゴルフ場利用税が課される。これは消費税が導入された平成元年以前は、娯楽施設利用税であったものが、名称を変えて残っている税である。このように名称を変えて残された理由は主として次の二点である。

一　ゴルフ場利用者（ゴルファー）は担税力（経済的余裕）がある。
二　ゴルフ場への関連道路整備など行政サービスとの密接な関係がある
しかし、これはゴルフ場、ゴルファーに対しては消費税との二重課税であり、理不尽な税制であるという議論もある。

ゴルフ界の多くの関連団体では、娯楽施設利用税徴収当時は、ゴルフを純粋なスポーツと認めて、この税制を撤廃する運動を行っていた。ゴルフ場利用税に替わってからは、二重課税であるとして、国や地方自治体に対して本税を撤廃するよう陳情を行っている。各ゴルフ場では、本税撤廃に賛同する署名活動を行っていた。

私は何度もこの署名に応じたことがある。この成果は、まだほんのわずかしか得られていないが、高齢者に対しては課税が免除されることになった。六五歳以上は半額、七〇歳以上は全額免除である。本税は地方税で税額は一定の範囲内で都道府県ごと、ゴルフ場ごとに決められるが、栃木県では多くのゴルフ場で六〇〇円である。

初めに書いたように、ゴルフは純粋なスポーツとは認められず、娯楽の要素が大きいので、税金を課せられても仕方がないのではと、格好のいいことを言うお前は、高齢者の特典を利用してゴルフ場利用税を払わない、などということはないだろう、と思われるかもしれないが、実際には毎回免許証を示して年齢を確認してもらい、チャッカリと利用税六〇〇円の支払いの免除をしてもらっている。総論賛成、各論反対はよくあることである。

思いやり、敬老の精神の欠如

ゴルフは通常三人、または四人が一組でラウンドする。近頃は二人で回る人も多い。麻雀と違って四人揃わなくてもよいのはありがたい。

ある時、Aさんに誘われて、約束したスタート時間の三〇分ほど前にゴルフ場に着いた。するとAさんは、「竹内さんも今日はここでゴルフですか」と、とんでもないことを言う。私は驚いてお前さんに誘われたから来たのだ、と言ったが、既にAさんに誘われて来たという三人とプレーすることになっているという。もはや三十一も四十一も同じく四だと思っている。

私はせっかく約束した通りに来たのだから、一緒にプレーをしたいと主張した。ほかの三人も同じことを主張した。Aさんはすっかり困ってしまい、「四人に声を掛けてしまったのは、自分の思い違いのミスだったので、自分が降りて、フロントに頼み、もしあとの組で空いている組があったら入れてもらうから皆さんで回ってください」ということになった。四人はせっかくプレーを設定してくれたAさんの親切に、何も報いることなく、また、あっさりと忘れて一日中喜々としてプレーに興じた。

ラウンドを終えて、風呂から上がっていい気分になって帰り支度をしていたら、Aさんがプレーを終えたところであった。Aさんはわざわざわれわれのところに来て、「今日一緒に回った人たちは、みんないい人たちだったので、あんたたちと回るよりずっと楽しかった」と言った。私は朝方ちょっと我を通してしまった負い目もあったので、本当によかったと思った。

しかし、帰りのクルマの中で、ふと頭に浮かんだのは、Aさんがわざわざ「あんたたちと回るよりずっと楽しかった」と言いにきたのは、私たち四人に対する嫌味か、当て付けであって、本当はあまり楽しくはなかったのではないかということであった。

別の話である。当時Aさんとは同じ職場にいて、一緒にゴルフをすることが多かった。当時の二人の共通点は、ゴルフに誘われたら、めったなことでは断らないこと、ゴルフは自分の方がうまいと思っていることであった。こんな状況であったので、頻繁に同じコンペなどに出掛けた。住んでいるところが近いので、ゴルフに行く時は交代で車を出すことにしていた。

東京、千葉方面の人にも声を掛けて、二〇人ほどでの東の宮CCでのコンペの時であったと思う。車を出すのはAさんの番であって、実際前日の午後に、明日の朝は七時半にピックアップに行きます、と確認の電話があった。当日は七時半にバッグを玄関前に出して待っていたが、お迎えはこない。一〇分が過ぎ、一五分が過ぎ、イライラしだした。

約束を間違える前科のあるAさんのことだから、私をピックアップすることを忘れて、ゴルフ場に向かってしまったのだろうと思った。これ以上遅くなっては集合時間に間に合わなくなるので、急きょ自分の車で行くことにした。車のキーを取りに家に入ったところ愚妻が、一応Aさん宅に電話をしてみたら、と言う。

それもそうかと思い、急いで電話をしたところ、奥さんが出られたので、Aさんは何時頃、家を出たのか、また、出る時、誰かをピックアップするとか言っていなかったかを聞いた。

するとと奥さんは「今日はゴルフなんですか。主人はまだ寝ていますが……」とのことである。想定外のことであったので、どのようにするべきか一瞬迷った。奥さんは「電話を切らないで、そのまま待っていてください」と言って、慌ててAさんを起こしにいってくれた。ほどなくして、Aさんは電話口で「エー、今、起きて……」「ウー、昨晩飲み過ぎて……、アー……」と何かをしゃべろうとしているが要領を得ず、もどかしい。私は「大平（正芳元首相）さんの物真似だったら、後でゆっくり聞くから、急いで冷たい水で顔を洗って着替えておくよう」に言って、私の車でピックアップすることにした。

私はかつて短期間ではあったが、Aさんの上司であったこともある。ゴルフ場への車中、Aさんの問題行動をいろいろ指摘することにした。

「コンペの前の晩に泥酔するようでは、心掛けが悪い」「どういう上司であったかどうかはともかく、ちゃんとした日本人であったら形のうえだけであっても、かつての上司を敬い、立てることをすべきではないか」「古き良き日本の伝統が失われてしまって、本当に嘆かわしい」……。

Aさんは、はじめこそ約束違反で迷惑をかけてすみませんでした、と恐縮していたが、しつこい非難、論難に耐えられず、「一回の朝寝坊をしただけのことで、日本の良い、伝統がどうのこうのと言うのは、言い過ぎではないか」と反論してきた。

しかし、私は「一事が万事で見逃すことができない」「子どもたちは親の背中を見て育つのだから、親の行動こそが問題である」「道徳の乱れ……」など攻撃の手を緩めずお説教を続けた。助手席でAさんが、この人のお説教癖は死ぬまで直らないだろうな、とウンザリしているのがよく分かった。

コンペでは例によって、ニギることになった。Aさんともニギッたが、朝寝坊の一件があるから、手加減をして、こちらに花をもたせてくれるものと確信していた。その日私は調子が出ずに、平凡な成績に終わった。Aさんは前日の不摂生もあり、当然ガタガタの成績であるだろうと考えていた。別の組で上がってきたAさんの成績をみると、なんといつもより良いではないか。上限いっぱいの賭け金を取られた。恩を仇で返されたような気分であった。

雨天決行で分かったこと

一九九〇年頃のバブル期には、ゴルファーのゴルフ会員権についての意識は、ビジターに比べて割安にプレーができること、会員の優先枠で予約がとりやすくなること、クラブ競技への参加資格が得られることなどであった。しかし、これらはゴルファーの期待であってどのようなインセンティブを与えるかはゴルフ場側の一存で決められる。その頃は、ゴルフ人口は徐々に増加して、金融業、土建業をはじめとして多くの業界の社用族がゴルフ場を跋扈したので、一般のゴルファーが土曜、日曜にゴルフ場の予約を取ることはなかなかできなかった。

今では少なくとも、県内のゴルフ場で予約を取ることに苦労することはない。バブル期を過ぎる頃までは、どのゴルフ場でも一組の予約を取ることは、大変なことであった。そのような状況であったから、自分の都合でキャンセルした時には、グリーンフィーの五〇〇〇円とか七〇〇〇円は、支払わなければならなかった。したがって、よほどのことがないかぎりキャンセルはしなかった。

郡馬大、宇都宮大の化学工学系の先生方と、北関東のさまざまな業種の企業が参加して、産学共同研究を促進する協会組織があった（今もある）。年間に六回の研修会、講演会などを開催して活動は活発であった。そのうちの一回は金曜日に行い、翌日の土曜日には、親睦ゴルフコンペを行うことになっていた。この予定は三～四カ月前に決められた。

ある年の今市の近くにある「杉の郷ＣＣ」でのコンペの時のことであった。予定の日の天気予報がだんだん悪くなってきた。前日の予報では、午前中はまだしも、午後は本降りの雨という予報になった。しかし、誰もキャンセルするとは言わなかった。私は雨に備えて雨合羽はもとより、交換用のウエアや手袋をバッグに入れた。

朝から雨であったが、なんとかスタートはした。予報の通りだんだん雨がひどくなって、プレーはしにくくなり、フェアウエイのあちらこちらに水溜まりができた。それでも誰もやめなかった。午後になると、とうとうグリーンが水で覆われるところもできてきた。さすがに、もうやめようといって一組、そしてまた一組と脱落していった。

中断していくのを見ていると、若い人たちの組から順番にやめていった。私は最も平均年齢が高い組であったが、誰もやめようと言わなかった。したがって、グリーンの大部分が水浸しになっているところで、パットをすることになった。このような時、パターで強くボールを打つと勢いよく飛び出すが、ある程度ころがったあと、急速に止まってしまうことを知った。ゴルフのプレーをしたというのではなく、雨でもやめないぞ、と意地を張ったようなものである。

これは極端な例であるが、当時は雨の日でも雨合羽を着て、しばしばプレーをしたことがある。

最近まで、私もメンバーになっていたゴルフ場の支配人が嘆いていたことであるが、今でも好シーズン中の土、日には、予約が満杯になって当日近くには、予約の電話があっても残念ながら、断ることがあるそうである。ところが、当日の天気予報が悪くなると、キャンセルの電話が鳴り始めるが、若い人ほど早めに諦めて、高齢者は直前まで様子を見ていて、よくよくダメな時にキャンセルするそうである。数日前の天気予報とは変わって、ゴルフをすることに支障がないような天候にもかかわらずキャンセルされて、来場者が少なくなった時は、本当に残念であると言っていた。

かつてのように、ゴルフ場に人があふれていた頃の方が幸せなのか、いつでも好きな時にゴルフができる現在の方が幸せなのか複雑な思いがする。

プロ野球を一〇倍面白くする方法

中日ファンの歯ぎしり

名古屋には、熱狂的な中日ファンが多いとのことであるが、それ以外の地方では、中日ファンは少ない。巨人や阪神は、全国的にファンが多く、贔屓(ひいき)のチームの調子がよいと、自分が応援しているから強いのだと、言わんばかりに大威張りする。仲間が多いからいい気になって、そのチームの自慢話ばかりか、ほかのチームとは格が違うなどと言って、いい気持ちになっている。

ほかのチームのファンは、平静を装っているが、内心は穏やかではない。私は名古屋から遠く離れた北関東で、大きな顔をして騒ぐ巨人や阪神ファンの陰に隠れて、ひっそりと息を殺しながら棲息している数少ない中日ファンの一人である。どうして、そんなチームに拘っているのかと思われるかもしれないが、そのようになる必然性があり、明快な理由があるのだ。

昭和二〇年の終戦の時、国民学校の低学年であったわれわれの年代では、手製のボールやバットで草野球をするのが最大の楽しみであった。終戦の翌年には早くもプロ野球（当時は職業野球といっていた）が復活して、ラジオの中継放送も盛んに行われた。少年向けの野球雑誌も刊行された。

青バットの大下、赤バットの川上などは、超人気選手であった。それらの選手へのファンレターがぞくぞくと送られ、多くて数え切れないので、目方を量ったら四貫目（約一三キログラム）もあった、と書かれていた。新聞、雑誌などは、今も昔も大袈裟な話が好きなようである。ちなみに、当時は選手の体格の紹介には、身長五尺〇寸、体重一六貫〇〇匁と表示されていた。

　プロ野球選手は羨望の的で、私自身、将来は野球選手になるのだと本気で考えたことがあった。自分もファンレターを送りたいが、送っても秤にかけられてしまうだけのような選手は避けて、それほど有名ではないが、常時活躍している選手から返事をもらうことを期待して、ファンレターを出した。それほど多く出してはいないが、三選手から返信があった。坪内道典中堅手、杉山悟左翼手、杉浦清遊撃手の三選手で、いずれも中日の選手である。

　杉山と杉浦は、名前のサインだけであったが、坪内選手は自筆と思われる字で、こまごまと野球だけではなく、学校の勉強も頑張るように、などと書かれていて感激した。勉強も頑張れなどという言葉は、親からも耳にタコができるほど聞かされていたが、憧れの選手から言われた時の言葉の重さは特別である。

　もしかしたら、私が今ここにあるのは、坪内選手から返信がもらえたからかもしれない。杉浦選手はその時、監督と主将も兼務していたから、特に忙しかったはずである。よくも田舎の一少年ファンに返事をくれたものだと、子どもながらにも思った。中日以外のチームの選手にも、何通もファンレターを出したが、返信は一通もなかった。義理人情の厚い世間で育まれて、これからもそこで生きていく時、これで中日ファンにならなかったら、日本人失格というものだろう。

かてて加えて、当時中日は万年二位といわれていて、毎年上位でシーズンを終わったが、一度も優勝がなかった。なんとか早く優勝してもらいたいという気持ちも重なって、ますます中日への思い入れが強くなったのである。

もう一度見てみたいあのプレー

子どもの頃に住んでいたところから近い上田市営球場で、毎年一、二回プロ野球の試合があった。これを見に行くことが大きな楽しみであった。夏休みの間に行われることが多かったので、何回か見ることができた。最初に見たのは偶然にも中日の試合であった。対戦相手はずっと前に消滅してしまった球団であったが、名前は思い出せない。

確か、六対〇で中日が勝ったのだが、不思議なことに、ラジオの中継で聞いていて中日が勝った時のような嬉しさとかの興奮がなかった。自分は本当に中日ファンなのか、訝しく思ったことを覚えている。その時は分からなかったが、あとからその理由を考えてみると、初めてプロ野球の選手の投げる、打つ、走るといった一挙手一投足に神経を集中させて、夢中で見ていたので、勝ち負けなどを考える余裕がなくなってしまっていたためであったと思う。

阪神が来た時も観戦している。この時の対戦相手も思い出せない。阪神の好守、好打、好走の小柄のショート吉田義男選手がヒットで一塁に出た。次のバッターが左中間に、一瞬ホームランかと思われる大きなフライを打った。ヒットエンドランがかかっていたのだろう、一塁ランナーの吉田は素早くスタートして二塁を蹴って、三塁の近くまで走っていたが、センターが背走して左中間のフェンス前で、逆シングルで捕まえてしまった。その時私は、三塁近くまで走ってしまったランナーは、ピッチャーズマウンドの少しうしろを走って、一直線に一塁に戻るものと思った。

ところがランナーは、大急ぎで逆向きに走り二塁に戻って、ベースを踏んでから、一塁に帰ったのである。ボールは野手を二回中継して一塁に投げられたが、ランナーの吉田選手が、一瞬早く滑り込んでセーフとなった。センターの大飛球の好捕と連係プレー、ランナーの走塁とも、まったく無駄のない見応えのあるプレーに、スタンドにはどよめきが起こり、拍手喝采であった。これこそ職業野球の醍醐味である。

それからずっとあとになってからのことであるが、市川（千葉）に住んでいた時、後楽園球場で巨人―中日戦の観戦に行ったことがある。東京ドームができる前のことである。当日券は外野席しか残っていなかったので、レフト側のフェンス近くの席に座った。

両軍の打撃練習の時には打ったボールが頻繁に飛び込んできて、危なくて目が離せなかった。ところが、試合になると投手戦が続き、三振が多く、打たれたボールも内野ゴロや内野フライが多く、外野にはほとんどボールが来ない。

ベンチからコーチと思われる人が出てきて、マウンドで話し合いをしても、何が目的かも分からない。投手戦というのは、外野席の観客には面白くないものである。一緒に見にきていた相棒も所在なさそうである。試合が終われば、ここにいる数万の人が、一斉に球場を出て乗り物が混雑することになるので、その前に帰ろうということになって、試合終了の前に帰ってきてしまった。

それ以来、球場に足を運んだことはない。

テレビ観戦あれこれ

近年はプロ野球のテレビ中継の視聴率は低くなっているが、私もあまり見ていない。私は自分で決めた二つの条件を満たしている時だけ、テレビ中継を見ている。その一つは、中日が試合をしていること。二つ目は、中日がリードしている、ということである。この二つの条件を同時に満たすことは、年間を通じて数回しかない。

ある年の九月中旬のことである。セ・リーグの首位を争っている中日と、阪神の直接対決が名古屋ドームで行われ、BSで中継放送されていた。七時半頃、テレビのスイッチを入れたところ、中日が二対一でリードしていたので見ることになった。この試合も投手戦が続き、その後は両軍とも得点できず、九回表の阪神の攻撃まで進んだ。二アウトをとった後、四球と野手のミスでランナーを三塁まで進めてしまった。

こうなれば、お決まりの抑えの切り札、岩瀬投手の登場である。この人の大きく振りかぶって投げる投球フォームは、並外れて大きくて投げるたびに暴投になるのではないかと心配させるが、なぜか、コントロールは抜群で、大事な場面で三振に切って取ったり、凡打を打たせるから、毎年三〇から四〇程度のセーブポイントを取っている。

岩瀬が二ストライクを取り、あと一球でゲームセットのはずであった。次のボールをバッターは、振り遅れて打球は、セカンドの後方にフラフラと上がった。セカンドがバックして捕球してゲームセットと思ったが、打球は意外に伸びてセカンドの後方にポトリと落ちた。三塁走者がゆっくりとホームベースを踏んで、同点になってしまった。この時点で中日がリードしているという条件が消えたので、テレビ観戦はやめた。一〇時頃であった。

この試合の決着がどうなったかは、翌日の新聞が休刊日であったので不明であった。その夜、会合があって、その席で今年のセ・リーグの優勝はどこだろう、などという話になったので、昨夜の中日―阪神戦はどうなったか聞いてみた。テレビ中継を最後まで見ていた人から二対二のまま一二回を終えて、引き分けであったことを聞いた。

途中で見るのをやめていたので、時間を得したような気がした。

野球ルール改正私案

このように、プロ野球を球場で観戦したり、テレビで見ていても多くの試合で、まどろっこしくて仕方がないのは、私だけであろうか。特に、ここぞという場面でしばしば投手交代となるが、あの間延びは、なんとかならないものだろうか。

野球のルールを少しだけ改正して、もっと面白く競技したり、見たりすることができないか、ずっと以前に考えて提案したことがある。ここで再度取り上げてみたいと思う。

大きな改正点は、投手を守備側のチームから出すのではなく、攻撃側のチームから出すということである。となると、これまでいた大勢の投手は必要なくなるから、野手、バッターに転向してもらうことになる。これに伴って改正が必要になる点はほかにもあるが、いずれもマイナーなものである。このようにすれば、投手はバッターが打ちやすいボールを投げるから、初めから終わりまで打撃戦になる。

ただ、ホームランを狙うと、大きな外野フライになってしまうくらいにまで、ボールを飛ばなくする改良が必要になる。投手とバッターは、共同で打球が鋭く内野手の間を抜くか、または外野手の間に打ち込むことに、専念することになる。このようなルールのもとでは、かつて私が上田市営球場で見た吉田選手の三塁→二塁→一塁への逆走した時のような息を呑むようなプレーが毎試合どころか、一試合に何回も見られるのではないかと考えられる。

このルール改正案を和歌山の研究所にいた時、機会をみては、同僚、先輩、友人に説明したことがある。反応は、大方は面白そうだね、ということであったが、笑って取り合わない人もいた。

二年ほど先輩の一人の研究員が、この案にすっかり感心して面白がってしまい、自分がマネージャーになって、九人集めてチームをつくるから、お前も九人集めてチームをつくって、このルールで試合をしてみようと話が進んだ。同室の研究員など何人かは、やってみようと同意してくれたが、残念ながら職場の研究所や工場の中に、野球をやってみようという人は少なく、九人集めることはできなかった。やる気になってくれた先輩も、どうも九人集めるのはむつかしいなあ、ということで実際に実現することはなかった。

今となっては、自分では投げたり打ったりして、率先してグラウンドを走ることは、できないのでどうにもならないが、この改正案による野球の試合を若い人が関心をもって試行してくれないかなと期待している。

禍はいつも身近にある

パソコントラブル騒動の顛末

消すに消せない画面

二〇一一（平成二三）年一二月三〇日の朝ことである。この日であったことは、暮れも押し迫って恒例の行事が行われる日であったから、日付をはっきり覚えている。

購読している新聞の三面に、その数ヵ月前に放映されたNHKの「あさイチ」の内容に関してインターネットなどで、賛否両論で沸騰しているという記事があった。それまで「あさイチ」は見たことはなかったが、新聞で取り上げている放送の内容が、何かと話題になっていることはウスウス知っていた。

記事によれば、「あさイチ」のセックスレス特集で、有働由美子アナウンサーが夫婦円満のコツとして、夫に十分に満足させる訓練のため機械に座って膣トレーニングをしたことに対しての意見がいろいろ寄せられている、とのことである。

NHKは寄せられた意見は九〇パーセントが好意的、一〇パーセントが反対である、との発表をしているとのことである。九〇パーセントが好意的なものと言っているのは、はなはだ疑問であった。通常、わざわざ意見を言うのは反対することが動機となり、賛成の場合には黙っているのが普通である。このような、どうでもよいことに、わざわざ賛成の意見を寄せることはないのではと思ったからである。

実際インターネットでは、どのような意見が飛び交っているのか調べてみることにした。キーワードとして、「あさイチ」「有働アナ」「膣トレーニング」などを使って検索してみると、多くのサイトでいろいろな意見が見られた。予想通り多くは批判的ではあるが、テーマの性質上ひやかし半分や、まともな内容でないものも多い。

その一つに、疑問視する意見の書き込みの下に、「天下の公共放送が朝からこんな放送をしています！」とあり、トレーニング機に座った有働アナウンサーの写真を載せたYouTubeがあった。その有働アナの口から「あ！」「あっあっ！」と叫ぶ吹き出しが付けられている。

誰かが放送を録画して、YouTubeで流してくれているのだと思った。自分が賛否両論のどちら側になるかは放送された映像を見ることが必要条件になるから、まずこれを見ようと思った。YouTubeの画面の中央のスタート（▶）をクリックしたところ、デスクトップ全面に半裸の（というよりは全裸に近い）女性の写真が一〇枚ほど現れた。誤作動のようである。

このような写真に興味がなくはないが、今は目的が違うからこれを消して、もう一度YouTubeの画面の中央のスタート（▶）を慎重にクリックした。しかし、同じように半裸の女性の写真が出てきた。おかしいなあと、思案にくれていると、デスクトップ右下のボックスに、「アダルト館に登録手続きが完了しました。所定の手続きを行ってお楽しみください」とある。そして、その画面には、やはり全裸に近い女性の写真があり、

・料金の払い込み方法はこちらから
・三日以内に支払いの場合は割引制度あり
・連絡先　電話とファックス番号（局番は03で東京）
・パソコン起動時にこの画面が表示されるが、料金払い込み後に、この表示が出ないようになります。

などが書かれている。この画面は×印で消すことができ、その後は通常の通りパソコンは使えるが、パソコンを立ち上げるたびに、「アダルト館に登録手続きが完了しました」の画面が現れる。いわゆるワンクリック詐欺に引っかかったようである。今でこそ、画面の削除方法があることを知っているが、その時は知識がなかったから動転した。

私の家のパソコンは、機種はごく普通のものであるが、使い方はパソコンでなく「ファミコン（ファミリー機）」である。すなわち、家族で使っていて、家内も時々使う。料理のレシピ、病院からもらった薬の効能、旅行先の駅の構内図など随時調べている。家内がパソコンを立ち上げた時、いきなりこの画面が出れば、私がいかがわしいことをしたと思われるだろう。

知らせておかなくてはマズイと思い、家内を呼んで新聞の三面記事のこと、インターネットの操作のことを説明しようとしたが、家内は途中で遮って、「トシはいくつだと思っているよ！」「ヒト（他人）に話せないことでしょ！」「自分でなんとかしなさいよ！」と怒ってドアをピシャッと閉めて出ていってしまった。

「あれから四〇年」のセリフで人気を博したタレントがいたが、私のところは、「あれから五〇年」近くなる。期待もしていないし、また期待すべくもないが、このように、出るべきところが出て、締まるべきところが締まっている豊満な肉体の写真を見ると、腹だたしくなるようである。

YouTubeを見ようとしただけで、まったくほかの意図しないことで、入会手続きが済んだとか、料金を支払わないといつまでも嫌な思いをさせるというのは、直感的に詐欺であると思った。しかもその相手の電話、ファックス番号が堂々と記されている。これは取り締まりの対象になることであるから、警察に連絡して対処してもらわなければならない。

局番は東京であるが、どこが所轄か分からないので、宇都宮の東警察署経由で対処してくれるよう東警察署に依頼することにした。電話番号をメモして署に電話をすると、「それは生活安全課が担当です」と言って、そちらに回してくれた。電話に出た職員に状況を話したところ、担当者は今日から正月休みでいないが、一応状況をお聞きしましょう、と言って聞いてくれた。今朝の新聞記事のこと、張り付いて消えない料金請求画面の説明をした。

しかし、正月明けに担当者が出てきても、そのような個別の些細なことは手に負えないだろう、とのことである。「自分は一〇年以上インターネットを利用しているが、そのようなものに引っかかったことはない。そのようなものを見たいなら、インターネットカフェで見た方がよいですよ」と逆にお説教をされてしまった。

警察が善良な市民の味方にならず、悪徳業者を放置するのかと腹が立ったが、トラブルの原因が、自分にあることは間違いがない。

あの忌まわしい張り付いてしまった料金請求画面を、なんとか早く消したい思いに駆られた。誰もが忙しい大晦日の前日ではあるが、こうなったら、もう恥も外聞もなく、近くに住んでいるパソコンの師匠Nさんに、この請求画面の削除の依頼をすることにした。

電話をして、事の顛末を説明すると、インターネットにいろいろの削除方法が説明されているのでやってみたら、とのことである。そして、どんなキーワードを入れて検索したらよいかまで教えてくれた。しかし、私にはそのようなことをする精神的余裕がなかったので、実際にそれを、このパソコンでやってくれるよう、懇願した。

師匠は誰がやっても同じですよ、と言って渋っていたが、私の熱意に負けて、それではやってみましょう、ということになった。

ほどなく来てくれて、一時間ほどトライしても削除できず、正午近くになってしまった。Nさんは午後、出掛けることになっているので、続けることはできないが、削除方法が記載されているサイトを「お気に入り」に入れておくから、その指示に従って試せば、どれかで削除できるはずです、と言って帰っていった。

Nさんはまた、このような不正プログラムは、ウイルスのようなものだから、このパソコンで使っているウイルス対策ソフトで、パソコン全体をスキャンして駆除できることがあることを教えてくれた。

午後は、まずマカフィーで長時間かけてパソコン全体をスキャンしたが、これでは削除できなかった。私も夕方には用事があって出掛けたので解決は、持ち越された。

普段、夕食後はパソコンに向かうことはないが、この日はあの消えない請求画面のことが気になって、その削除にトライすることにした。師匠が「お気に入り」に入れておいてくれたサイトの中から、手順が簡単そうなものを選んで、トライすることにした。

それはデスクトップの左下の「スタート」→「ファイル名を指定して実行」から始めて、どのように進めるか指示されている。その指示の意味は、まったく分からないまま、三~四回それに従って進めていってから、やはり指示に従ってパソコンを閉じた。こんな簡単なことでよいのかなあ、と半信半疑でパソコンを再起動したところ、あの忌まわしい請求画面は消えていた。

画面削除に成功したことに加えて、師匠が一時間余りかけてできなかったことを、自分が一発のトライで成功したことが嬉しさを倍加させた。思わず立ち上がって、パソコンに向かって万歳をした。思えば、いろいろ新しいことを体験した長い一日であった。

読者諸兄には、私のようなヘマをする人は、いないかと思うが、万一ここに紹介したようなワンクリックで料金請求画面が張り付いてしまった時には、「ワンクリック詐欺」「請求画面削除」などで検索すれば、その削除方法を探すことができるので、慌てることはない。また、情報処理推進機構のＨＰでも削除方法を提示している。

余談だが、若い頃（多分四〇代）には、七〇歳くらいになれば、このような話や写真には興味がなくなるものと思っていた。しかし、そのような年齢になっても、興味がなくなる兆しがない。これは普通のことなのか、普通ではないことなのか、分からなくなってしまった。読者の皆さんにお聞きしたいところである。もちろん匿名で結構ですが。

晩秋のある朝の出来事

寒い朝の池ポチャ

奥日光の紅葉の季節には、車が大渋滞するから近寄らない方がよいということは、宇都宮に来てから、しばしば耳にしていた。

もう二〇年くらい前のある秋、ここから奥日光まで一時間半程度で行けるのだから、早朝に出掛け、渋滞が始まる前に上まで登って、紅葉見物を早く終え、昼頃には帰ってきてしまえばよいだろうと考えた。朝六時頃出発して七時前には、高速道の終点の清滝に着いた。

ところが、清滝から車の長蛇の列で、「いろは坂」の登り口に着くまでにも、かなりの時間を要した。車のナンバープレートを見ると、首都圏のものがほとんどである。紅葉狩りに対する意気込みは、すごいものである。私にはそれほどの意気込みはないから、登り口から引き返すことも考えたが、せっかくここまで来たのだからということで、上まで行ってみることにした。「いろは坂」をのろのろと登って、中禅寺湖畔の道も超スローで走り、竜頭の滝に着いた時は一二時頃となっていた。

一時間ほど散策後、ほかに寄ったら時間がかかり、帰宅もだいぶ遅くなりそうなので、そのまま帰ることにした。帰路も来た時とまったく同じスローペースである。ちょうど人が歩く程度の速度であった。道沿いの紅葉は確かにきれいであるが、それを眺めて楽しむという気分にはなれない。この時期には、近寄らない方がよいといわれることを、身をもって体験したのであった。

前のこの季節に今度は、別の一計を案じた。大部分の人が奥日光に登ってしまった午後に出発して奥日光に行き、一泊して翌朝早く下りてきてしまう、というものである。それでも渋滞に対する不安があったので、時期を少し遅くすることにした。

一〇月下旬のある日、午後一時頃出発すると、前のような混雑に巻き込まれることはなく、日光湯元に着いた。ただ、紅葉の時期は過ぎていて、あちらこちらに、その名残を残しているといったところで、紅葉狩りとしては満足できるものではなかった。

翌朝、「いろは坂」の下の方には紅葉が残っていたので、早々に下りることにした。日光湯元を出発してしばらくしたところの「中禅寺金谷ホテル」まできたところ、その辺りだけは、かなりきれいな紅葉が残っていたので、ホテルの庭まで行ってみることにした。

　ホテルの駐車場から見ると、高台にある庭園には、多数の白樺の木に混じって奥の方には、盛りは少し過ぎたとはいえ、多くの紅葉が見られた。カメラを持って高台に登って写真を撮ることにした。広い庭園には湧き水を流している池があり、冷たい水の中に虹鱒やウグイなどが、群れをなして泳いでいる。

　水の出口の両脇に飛び石が敷かれていたので、それを大股でまたいで渡ろうとした時、体のバランスを崩して池の端の水の中に倒れこんでしまった。その朝は朝食前にゆっくりと温泉に浸かったので、体はすっかりたるんでしまっていて、いつものような体の動きができなくなっていたためであった、と言い訳をしている。

　腰まで水に浸かってしまったが、うしろに回した両肘を池の縁になんとか付けて、それ以上は沈まないように頑張った。しかし、池からの脱出をしようとしても、両足が宙ぶらりんで、踏ん張りがきかないから脱出することができない。右手にカメラを持っていたため、体の動きが制限された。

　池の底の少し先の方に、踏み石となりそうな石があったので、そこまで両足を持っていって体を屈めてから飛び上がる反動で、池から這い出すことにした。石に足をかけて体を屈めた時は、首まで水に浸かり、水面より出ていたのは、頭と新しく手に入れて使い始めたばかりのデジタルカメラを持った右手首の上だけであった。

少し前を歩いていた愚妻が異変に気がついて、うしろを振り返ったのは、水面から上には頭とカメラを濡らすまいとして、必死に上げていた右手だけが見える、この瞬間であった。「お父さん！　何してるのよ！」と甲高い声で叫んで飛んできた。娘と一緒になって、私を非難する時のあの声である。

両足を池の底の石のところまで持っていって、体を屈めて飛び上がる反動で、尻を池の縁まで持ち上げて、ようやく脱出することができた。厚着をしていたので、衣服が水を含んで重い。犬が水中から出てきた時、身をブルブルと震わせて水を払う動作をするのを思い出した。そのまねをして、体を左右に振ってみたが、ジャンパーのポケットの水がポチャポチャするだけで、水を振り払うためには、何の効果もなかった。興奮していたためか、池の水の中では、その冷たさを感じなかったが、水から出るとその冷たさが身にしみる。

庭を散策していた人たちの何人かが、何事が起こったのかと近づいてきたが、濡れネズミのような不格好が見るに堪えなかったのか、または、救急車を呼ぶ必要はなさそうなことが分かったからか、みんな離れていった。

庭の中にホテルの一人の職員がいたから、様子を見にきた。見るに見かねてか、フロントに連絡したようである。何人かの係員が飛び出してきた。寒さに耐えられずに、失神でもされたら困ると思ったのであろうか、「こんな寒いところにいては、体によくないから暖かい館内に入ってください」と勧めてくれた。迷惑をかけたくないので、自分の車の中でなんとかしようと思ったが、無理そうである。

どうぞこちらに、と誘われて館内に入った。フロントの女性が入り口から一番近い部屋の鍵を開けて、ここを着替えなどに使ってください、とのことである。そしてタオルや毛布を何枚も差し入れしてくれた。

部屋に入るまでは、これでよいのかと迷いがあったが、この部屋を借用することに決めて心が落ち着いた。様子を見にきた係員に昼頃までこの部屋を貸してください、と伝えた。借りた部屋なら脱衣所、浴室、トイレなどを使うのに、何の気遣いも必要ない。バスタブに湯を張りながら服を脱ごうとしたが、水を吸っていて脱ぎにくくて時間がかかる。取りあえず冷えた体を温めるため、ゆっくり湯船に浸かり少し正気に戻った。

しかし、湯船から出て体を拭いても着るものがない。ホテルの人は、あの差し入れをした毛布か、タオルに包まって帰るようにと考えたのであろうか。衣服が乾燥するまでいてもいい、と考えているのであろうか。日光か今市の洋服店から、適当な衣服一式を取り寄せることは、果たしてできるだろうか不安がよぎった。

愚妻は、車の中にパジャマがあることに気がついていたようである。私が思案にくれていた時、車の中からパジャマを持ってきた。車で出掛けて旅館などに泊まる時は、旅館の浴衣で寝ると前が、はだけてしまって気になるので、普段使っているパジャマを持参することが多かったが、今回も持ってきていたのである。着ることができるものは、とにかくこれしかないのだから、これを着た。これで帰らなければならないのだろうか。裸で帰るよりは、はるかにマシであるとはいえ、情けないことになったものである。

とにかく、帰る段取りがついたので、愚妻が部屋の使用料の精算にいったところ、そんなものは不要です、とにかく無事でよかったです、と言ってどうしても受け取らないとのことである。そんなものかなあと思ったが、ホテルとしては、救急車を呼ぶような騒ぎにならないでホッとしたのかもしれない。

格式の高いホテルの廊下やロビーを、昼間からヨレヨレのパジャマを着て、使い古して汚れ、水浸しのウオーキングシューズを履いて歩くことなどは、恥ずかしくて誰もしないだろう。しかし、それをしなければならないことになった。

幸い、一一時も過ぎて宿泊客のチェックアウトは終わり、フロントの係員も席を外してもいいような時間であった。愚妻が見張り役になって、客もフロント係もいなくなったことを確認して、「お父さん！　今、大丈夫だから急いで！」と言ってきた。私は部屋を飛び出して、小走りで駐車場の一番近くに止めておいた車に、誰にも見られることなく乗り込むことができた。

これで一段落であったが、ホテルに迷惑をかけたことに対する謝罪とお礼を言っていないことが気になった。家に帰ったらお礼の手紙を書かなくてはならないと思い、フロントの責任者の名刺をもらってきてくれるように愚妻に頼んだ。しかし、愚妻は名刺をもらいにホテルに入ったまま、なかなか出てこない。

部屋から車まで移動する時、履いていた靴は冷たくて耐えられず、すぐに脱いだ。名刺一枚もらうために、どうしてこんなに時間がかかるのかと気をもんでいたところ、ホテルの支配人が車のところまで来て、「今日は大変な災難でしたね。気をつけてお帰りください」とわざわざ挨拶に来られた。

本来は当方が出向いて、謝罪とお礼を伝えなければならないところである。当然車から出て、こちらこそご迷惑をかけて、すみませんでした、とお礼を言うべきところであるが、パジャマで素足の姿では、それもできず、車の窓越しに言い訳と、お礼を述べることを許してもらった。

あとはできるだけ、早く帰宅することだけを考えた。体を冷やしているから、途中でトイレに寄る必要が生じるかもしれない。もし、この格好でコンビニのトイレに寄ったら店員は、どこかの老人介護施設の認知症の老人が徘徊している、と考えるだろう。そして、そのことを警察に通報して大騒ぎになるかもしれない。

また、もし交通事故を起こして、怪我などして病院に運ばれれば、下着も着ないでパジャマ姿で運転していることを不審に思い、もしかしたら、自爆事故ではないかと警察に通報するだろう。警察から自爆事故と疑われたら大変である。実際、以前、刑務所に収監された経験のある鈴木宗男氏も警察に一度疑われたら、その疑いを晴らすのは容易なことではない、と言っていたことが思い出される。

厚労省の村木厚子局長（当時）も特捜に嫌疑をかけられて、あわや犯罪人とされるところであった。変な服装で運転していることを警察官に見られて呼び止められれば、素足で運転していることがばれて、調書を取られて罰則を受けることになる。こんなことを考えると、緊張でハンドルを握る手が汗ばんでくる。

「いろは坂」を下りてきたところに、きれいな紅葉が見られた。こんな私のせっぱ詰まった思いをよそに、愚妻は写真を撮りたいから車を止めてくれ、と言う。そして車から出てぶらぶら歩きながら、あちこちでシャッターを押したりしている。

豚児とか愚妻という言葉はある。実際には自分の息子が、豚ほど馬鹿とは思っていなくても、とにかく大袈裟にへりくだっておくのである。しかし、今の場合、連れ合いの心情を一顧だにしないで、のんびりと紅葉狩りをしているのは、文字通りの愚妻ではないかと思う。

日光からの道中はいつもよりずっと長く感じたが、とにかく無事家に着いた時は、ほっとした。二度と経験したくない出来事であった。

六月中旬頃の奥日光の木々が、一斉に芽吹く時の萌黄色の山々は美しい。特に、唐松林の芽吹きの色は素晴らしい。今年もこれを見るために出掛けたが、帰り道で「中禅寺金谷ホテル」の前を通った時、昨秋の問題の一件を起こした池の現場を確認したくなって寄ってみた。今回は少し遠い方に車を止めて、歩いて池の端まで行ってみた。

すると私が池に落ちた、まさにその場所に、「足元に注意」と大きな立て札が立てられていた。回り込んで裏を見たが、何にも書かれてはいなかった。

しかし「昨年の晩秋のある朝、白髪の老人がここから池に落ちましたので気をつけてください」いう意味のものであることは、しっかりと理解することができた。

交通警察官との珍問答

一時停止線での言い分

自宅から数百メートルのところの小学校の校庭の周囲に、半径五〇メートルくらいの円形にカーブしている道路がある。そのカーブの前後は、直線になっている。このカーブの部分に三本の道路が入っている。私は通常、一番手前の道路から右折して、二番目、三番目の道路から入ってくる車や自転車を確認するため、一時停止して発車している。

ある日の午前一〇時頃、いつものように車をいったん停止させてから、走らせていたら、うしろの方で、何やら拡声器の音が聞こえた。何のことか分からないので、そのまま走行を続けていたが、だんだんその音が大きくなってきた。数百メートル走って国道（一二三号線）に、もう少しで入るところで、どうやら私の車を止めなさい、と言っていることが分かったので、車を左側に寄せて止めて車から降りてみた。

すると、オートバイで私の車を追いかけてきた警察官が、小学校の校庭の周囲の道路の一時停止線のところで、停止しなかった交通違反を犯したので免許証を見せてください、と言った。

私は「ちょっと待ってください。私はそこでいつものように一時停車して、安全を確認していますが」と言った。警察官は、確かに停車はしたが、そこは一時停止線を数メートル超えていたから、違反であるとのことである。停止線はあることは知っているが、そこで止まっても二本目、三本目から入ってくる車などが見えにくく、数メートル先で止まると見えやすくなるので、いつもそのようにしていて安全上なんら問題がないはず、と言った。

警察官はそれなら、いったん一時停止線のところで止まって、さらに数メートル先で止まるべきである、と言った。警察官と私は、それぞれが自分の主張が正しいと繰り返し、何度も言い合った。同じことを繰り返し言っても埒が明かないので、「一時停止線があるところに戻って、私がとった行動が安全運転に問題があるかどうか現場で検証してみよう」と言った。警察官は、それはできない、と言った。

私は交通安全のために、本当に必要なのは、あの停止線を数メートル先に、引き直すための行動をとるべきである、と言った。警察官は、それは自分の仕事ではないと言った。私は交通安全の取り締まりなら、自分が住んでいる近くの団地の中の狭い道路を制限オーバーで走っている車があり、危険を感じているので、そちらを取り締まってほしいと言った。しかし、そこは自分の持ち場ではないと言った。

とにかく、あの一時停止線で停止しなかったから違反であるとの一点張りである。私はどうしても納得がいかず、免許証を渡す気持ちになれないから警察官と言い合うつもりでいた。

車の助手席に乗っていた愚妻が降りてきて、この延々と続きそうなやり取りを見ていたが、見るに見かねて、私のところに来て上着の袖を引っ張り、「いい加減にして、免許証を出さないと、公務執行妨害にされてしまうかもしれないから、もうやめなさいよ」と言った。

しかし私は、「お前はどっちの味方なんだ！　どちらの言い分が正しいのか分からないのか。愚にもつかないことで交通違反だという警察官に味方するとは、とんでもないことだ！」と語気を強めた。これを聞いた警察官は、自分の主張に追い風となる愚妻の言葉を聞いて、強硬な態度に出ると、私は思った。

ところが、急に違うことを言い出したのである。今あなたの車を停止させたのは、運転免許証の携帯を確認したいためであった、と言うのだ。

免許証不携帯で車を運転することは、交通違反であるから見せないわけにはいかない。私は財布の中から免許証を出して渡した。警察官は免許証の顔写真や年齢を見て本物と確認できれば、返してくれると思った。

しかし、すぐに返さずに、少しうしろの方に止めてあったバイクのところまで戻って、バイクの後部のボックスの上で、その免許証の氏名、住所、免許ナンバーなどをメモしているのである。私はこれを証拠に違反切符を切ったら人を騙したことになりますよ、と一言クギをさした。

その後、免許証を返して、警察官は何事もなかったように、バイクでUターンして戻っていった。愚妻は一時停止しなかったことを見られて、免許証を見せられたので、違反切符は切られるだろうと言ったが、私は、それはないのではとの予感がした。

実はその時、私は信州の実家に用事があり、二泊の予定で出掛けるため家を出た途端に、この騒動になったのである。三〇分ばかり予定が遅れたが、予定通り用事を済ませて二日後帰ってきた。帰ってすぐに郵便箱から二日間の間にたまっていた新聞、郵便物、チラシなどを取り出してきて机の上に置いて、丁寧に調べたが、違反切符は見つからなかった。

それでも愚妻は、近いうちに送られてくるだろうと、期待しているようであったが、五日経っても、一〇日経っても送られてこなかった。私の最後の一言、「これで違反切符を切ったら人を騙したことになりますよ」が効いたのか、夫婦喧嘩をこれ以上続けることにはならないよう武士の情けで、見て見ぬふりをしてくれたのかは不明である。

この小学校周囲のカーブした道路は、長い間、警察官が待ち伏せをして、違反者を捕まえて反則切符を切る格好の場所であった。ここで私のように一時停車しないで、多くの人が反則金を取られている。しかし、私が執拗に抵抗してから、ここで交通取り締まりをすることが突如なくなった。

交通取り締まりの警察官の間では、「あそこでネズミ捕りをすると、トラブルになることがあるのでやめておいた方がよい」と申し送り事項になっているのだろう。

また、揉め事の原因になった一時停止線の位置は、長いことそのままであったが、最近になって、私が指摘した数メートル先に引き直されている。

今では、みんな待ち伏せをして交通違反を指摘される心配をすることはなく、安心して通っている。

健康問題と長生きの秘訣

体の健康、心の健康

老化を早めない対処法

健康はわれわれ全てに共通する関心事であるが、健康保持のために何をするべきかについては諸説が入り乱れて、どれが本当なのか見定めるのが難しい場合がある。

食生活については、栄養バランスやカロリー数を管理して、三食きちんと摂るべきであるとする説もあるが、栄養素のことは気にしないで、食欲に応じて米飯、味噌汁、納豆など、わが国で昔から馴染んできた物を食べるのが良いという説もある。卵は最高のタンパク質とされていたが、コレステロールが多く動脈硬化の原因が心配されることになった。

しかし、コレステロールには善玉と悪玉があり、さほど心配することはないという話もある。煮干しはカルシウムの摂取には最適と言われる一方で、過酸化脂質が多いので要注意とも言われる。

われわれの子どもの頃は、夏の間に強い日光に当たることは健康に良いとされていて、肌を小麦色に焼くと、冬になっても風邪を引かなくなると言われていた。

一九四〇年頃には、米国でも紫外線は健康に良いとされ、住宅の各部屋に紫外線を取り入れることを勧める学術研究もされていたという。体内におけるビタミンDの生成や殺菌効果が、評価されたのであろうか。今では強い日光は、遺伝子DNAを損傷して健康に重大な障害があるとして、紫外線カットに躍起になっている。本当にそれほど悪いのか、私自身は半信半疑でいる。

食べ物や環境が、健康にどのように影響を与えるかという説明は、栄養学や医学の進歩によって変わることは理解できる。これとは別に、健康にプラスになるかマイナスになるかの考え方は、どの面に注目して見るかによって、評価が正反対に分かれるものがある。卵も煮干しも食品であって、毒でも薬でもない。偏った情報や風聞によって良いの、悪いのと極端に決めつけるべきではないだろう。健康に関する諸説を上手に考えながら、自分の体の状態に合わせてうまく対処していきたいものである。

医学については、素人のわれわれも健康保持を合理的に行いながら、自然に進む老化を遅らせ、また、時には局部で短期間のうちに、異常に早く進む老化（病気）をできるだけ避けるためには、老化のメカニズムの基本的なところは知らなければならないだろう。

老化のメカニズムに関しては、有力な理論として「エラー理論」がある。要約すれば、運動のためや体温維持のために摂取した食物の酸化反応に伴い、副次的に活性酸素が発生する。活性酸素はある割合でDNAを損傷し、組織の機能低下をきたす。組織の機能が低下して、ある閾値（いきち）（限界）に達すると、寿命が終わるという考え方である。（例えば、春山茂雄『健幸革命』サンマーク出版）

動物の寿命は、恒温動物では鳥でも哺乳類でも、その体の大きさと正の相関関係があることが知られている。体が大きくなるに従って寿命は少しずつ長くなる。一方、スズメもワシも、ネズミもゾウも体の大きさに関係なく三億回の呼吸、一五億回の心拍、体重一キログラム当たり一五億ジュールのエネルギー代謝をすると、寿命がきて一生を終えるということが、動物生理学者によって確かめられているという。（本川達雄『ゾウの時間ネズミの時間』中央公論社）

ラットやサルをはじめ、多くの動物に三〇パーセント程度の食事制限（ただし、必要な栄養素は与える）をすると、寿命が著しく延びるというデータが多く得られている。（橋本浩明『若返りの秘訣は「腹七分」』日経BP企画）

これらの事実と先の「エラー理論」とを考え合わせると、老化を遅らせるためには、活性酸素の発生を少なくすることが有効だと容易に推定できる。また、詳しい説明は省くが、必要量のビタミン、野菜などを欠かすことなく摂ることによる活性酸素を不活性化する免疫系の強化も、もちろん大変に有効になる。

この理論からは、運動をして激しい代謝をすることは、老化を早めることになるが、適度の運動がなければ循環が悪くなって、この影響の方が大きくなるから運動は適度に必要になる。

過食、過労、過度のストレスなどは、活性酸素を多く発生させると言われるから、老化を早める因子となるようである。逆に食事は少な過ぎれば、カロリー不足、栄養失調、循環系の滞留が起こり障害が出るから、自ずからバランスを保つ適度な摂取が必要となる。

食事も運動も、人それぞれに適当なところがあるだろう。また、体内の環境条件によって発生する活性酸素を素早く不活性化するような状態をつくっておくことが、大切になりそうである。

日頃、体調を崩して病院通いをする時に、気になっていることを一点付記しておきたい。風邪を引いて発熱すれば、解熱剤と数種類の薬を、胃腸障害を起こせば消化剤と数種類の薬を処方と、まさしく対症療法に終始して、病気の根本原因に対する対処法を医者は、ほとんど話さないということである。病気に罹りやすいのは、その人固有の原因があるはずだから、それに対処するのが医術であると思うのであるが。

世はまさに、健康ブームで情報はあふれている。少しでも血圧や血糖値などが高いと、薬に頼るという今の常識に拘泥することなく、それらの中から自分に必要な情報を選んで役立てることが大事ではないかと思う。

体の健康に比べて、心の健康に気を使うことは少ない。しかしながら、心の健康に気を配ることは、一般に考えられるより大切なことではないかと思う。心の健康問題は、頭脳が発達してしまった人間の宿命でもある。

精神的な不健全さに起因する社会現象は、現在のわが国において、子どもにも大人にも数多くみられる。一つ一つ取り上げるのは気が進まないことであるが、現実は厳しく深刻に考えざるを得ない。

いつの世の中にも、異常な行動をする人間は必ずいる。それが一定の割合より少ない時は、個人の問題として扱える。しかし、多くの割合の人たちが異常な行動を起こす時は、社会病理であって、その原因は社会の中に必ず存在する。その原因を調べて、適切な改善策を取れる時は、正常に戻せる可能性があることになる。

ある県で、小、中、高の生徒約一五〇〇人を対象に行った「心と体の健康に関する調査」がある。子どもたちの「いらつき」「激し過ぎる感情」「注意力散漫」「キレやすい」などの情緒的・精神的な不安定さと強く関係する事項に、「朝食を摂らない、栄養バランス不良」などの食生活の問題と、「相談相手がいない、または、信頼できる相談相手がいない」という環境問題があると報告している。

これらは常識的で、既にだいたい分かっていることではないか、という向きもあろう。しかし、正確なデータと統計的な解析がなければ、政治も行政も動けないから、組織だった調査をした結果を出すことは意義のあることであろう。

いじめ、不登校、学級崩壊などなど学校における問題を、教育問題や学校病理と考えてカウンセラーを増員したり、ゆとり教育を実施して心理面からアプローチする試みは行われているが、これは対症療法であって根本的な解決には程遠い。これらの現象は、社会病理の一つとして顕在化したものとみるべきであろう。

平成三〇（二〇一八）年の内閣府調査によれば、家族以外とはほとんど交流のない「引きこもり」は一一〇万人いるという。これだけ多くの人たちが、このような状態でいることは、個人的な障害によるものではなく、社会構造や社会病理によるものと考えるべきだろう。引きこもりの心理には、「真面目」「優しさ」「親に従順」「高い学習能力」「プライドが高い」「上昇志向」「人間体験・労働体験・社会体験の不足」が過度であることを指摘する考察がある。

引きこもりの原因となるほとんどの項目は、一般的には好ましい性格のものであるが、問題は、それぞれが過度であることだ。「プライドが高い」ことは良く作用すれば、他人の面倒を見る、不正には決して与しないなど人様の規範になるような行いに通じる。

しかし、勝ち負けに拘り過ぎるようなプライドは、負ける戦いを一切避けるために「引きこもる」ということになる。「上昇志向」は少し頑張ってみようという張り合いに通じる。しかし、自分の能力に応じずに望みを大きく持ち過ぎると、現実の厳しさに直面して成す術を失い、「引きこもる」ことになる。普通に暮らすことが健全であるという意義を見いだすことができず、意識過剰のため「普通の人」になるのを恐れて、引きこもる例が多いと言われる。

問題を引き起こしている要因は、複雑に錯綜しているだろう。しかし、少なくとも子どもたちの将来への希望・期待、それを実現するための具体的なステップの踏み方、日常生活・学校生活の価値観を分かるように教えることができていないのではないだろうか。

われわれは社会の中でしか生きられないが、社会の中で生きる術を子どもたちに教えていないのではないだろうか。物質的に豊かな社会の中で、まだ適切な考えを持つことができない子どもたちを放任して、他人に迷惑を掛けなければ何をしてもよい、などの享楽主義を認める、または、勧めるような方向に傾き過ぎていないだろうか。

ある政令指定都市の「子ども権利条例」は、「ありのままの自分でいる権利」を謳っている。子どもたちが何の努力もしないで「ありのままでいる」権利を正当化しているのは、一つの例である。

人間は能力も大事であるが、最終的に最も大事なことは、人格形成であるということを、子どもたちに教えていないのではないだろうか。長年にわたって偏差値で人を評価するというワンパターン思考が、悪い影響を及ぼしていないだろうか。

偏差値教育の大きな問題点は、褒められる子どもが筆記試験の成績の良い子どもに限定されることであろう。試験で高い点を取った時と同じように、さまざまな個性と能力（例えば、行動力、粘り強さ、体力、人間味、優しさ、感性、プレゼンテーション能力、リーダーシップ……）、そのための精進・努力、実績に対して、心から褒めることが大切であると思う。褒めることの意義をもっと考えるべきである。

上手にしつける、上手に叱る、上手に褒めるという努力を、大人たちが怠ってきたことは、否めないと思う。現在の子どもたちの問題点を考えてみなくてはならないのは、言うまでもなくわれわれ大人である。最近になって、このことを反省する具体的な動きが出てきたことが注目される。

二〇〇四年の四月一日から施行された松山市の「子ども育成条例」は、基本理念が「子どもたちを社会全体ではぐくむ」ことであり、保護者、青年、高齢者、市民団体に、それぞれ役割を示している。さらに、全ての市民の役割として、「子どもたちに対して、他人に迷惑を及ぼす行為、そのほか社会規範に反する言動があった時は、社会の一員としての責任を果たせるように愛情をもって導くこと」と要請している。このような当たり前のことを決めるのに、何年間も市議会、行政当局で揉めていたとのことであるが、今の大人社会の問題点を如実に示している。

体の健康と心の健康を、確実に保証する妙薬はない。ただ、これら健康にできるだけ近づくために共通して言えることは、特定の考え、事例、常識といわれるものにとらわれることなく、緊急時の対症療法と病気の根本原因を見据えた治療・対策とを、臨機応変に行う柔軟性ということではないだろうか。

マイペースで安全運転

私にとっての健康問題

高齢者になって体に何の問題もないという人はごくまれで、ほとんどの人はいくつもの不具合を抱えながら生きているといってよい。

したがって健康は、最も関心のあることの一つである。巷に溢れる健康に関する情報に触れ、自分にも当てはまるものを探して、あれもこれもと取り入れて実行しようとすれば、時間はいくらあっても足りなくなる。健康を保つために生きているような、倒錯した状態になる。何が今の自分に必要なことかを見極めて、適切なものを取り入れることが大切であろう。

どこがどのように問題かは人によって千差万別である。私自身の体の問題点は、次のようである。現在からさかのぼって、体に不具合が生じた点を振り返ってみれば、腱板損傷/多発性筋痛症（平成二六年）、股関節挫傷（同二五年）、ひざ痛（ここ一五年、現在はかなり改善）、肩こり（ここ数十年）などがある。

症状の現れる部位は異なるが、共通している原因は疲労の蓄積した部位を、十分に回復させる前にさらに負荷をかけてしまうこと、および、高齢化に伴って環境変化に順応できないことであると思われる。

私は同年代の人に比べて持久力が小さい。これは生まれつき食が細いことと、子どものとき患った病気（くも膜下出血）の後遺症によるものと考えられる。

前述のように、現れる症状は異なっていても、長年自分の体の変調と自分がとった行動とを照らし合わせてみれば、その因果関係には思い当たるところがある。歳とともに体力は衰えてくるから、前年にできたからといってその年も同じことをすると、負荷オーバーとなってしまうことがある。そしてこのような状態を続けていると、思いもかけなかったような重い症状をきたしてしまうことがある。このような点から自分なりに心掛けていること、また、気になっているいくつかの点について述べてみる。

生活リズムにメリハリをつける

四〇代、五〇代くらいまでは自律神経が自然に働いて、昼間は心身の活動に関わる交感神経が優位に働き、夜になると昼間の緊張が解かれ、心身を休息させる副交感神経が優位になる。すなわち活動に係わる日内生体リズムのメリハリは、自動的に行われる。

一般に、高齢になると二四時間周期で変動する体内時計が乱れやすくなるので、意識的にそのメリハリをつける工夫が必要になる。

私は、先に述べた胃弱や病気の後遺症に加えて、加齢による足腰の衰えをカバーするための適当なリハビリが必要となっている。毎日長い時間をかけて体のケアをするのは気が進まず、できるだけ短時間で効果的と思われる方法で済ませている。

例えば、本を読んだりものを書いたり、または、パソコンの操作を長時間していると、頭の回転が悪くなり目の疲労を覚えるが、その仕事をやめるだけでなく体を積極的に動かすと、回復が早い。本格的なヨガのポーズや呼吸法は実施環境を整えなくてはならないので、なかなか近寄りがたいが、これを変形した真向法などのストレッチの方法も提案されている。これはヨガと同じようなポーズや深呼吸を、テレビを見ながらでも行ってもよいことになっている。ヨガの真似事のようなものであるが、疲労回復、気分転換にかなりの効果があるように思う。

また、歩くことは体の筋肉、骨、反射神経など基本的機能を強化、保持するために必須のことなので、年配者はできるだけ歩くよう心掛けるべきだろう。私は日常の買い物などの際も距離やその日の天候をみて、できるだけ車より自転車、自転車より徒歩でするようにしている。ゴルフは何千歩も歩く機会ではあるが、今は乗用カートが普及して歩数は大幅に少なくなった。平坦なところはできるだけ歩くようにしているが、足腰が疲労してショットの正確性が急に悪くなることがあり、ゴルフの際に大きく歩数をかせぐことには限界がある。

慢性疾患や疲労回復のために、体のいろいろな部位にある、いわゆるツボの刺激が効果的であることはよく知られている。私の場合は、足の裏の土踏まずの上部にある湧泉というツボを少し強く押すと疲労回復に効果があるようで、遠出やゴルフで疲れたとき実行している。

雨天が続いたり、冬の寒い日には、外で体を動かすことができないから、それに代わることを家の中で行う工夫が必要である。よく血のめぐりがよいなどと表現されるが、体内の循環をよくするためには深呼吸が有効であることが知られている。犬の腹部に機械を取り付けて無理やりに腹式呼吸をさせると、犬の胃腸や肝臓の血流が大きく増加するという実験結果があるそうである。

呼吸以外の自律神経は意識的に働かせることはできず、呼吸のみが意識的に働かせることができる。息を「吸う」ときは交感神経が、「吐く」ときは副交感神経が関わっていて、私のように副交感神経を働かせたいときは、吐くことに重点をおいて深呼吸することがよさそうである。

また、深呼吸と共に意識しているのが、二四時間周期の生体リズムだ。生体リズムの体温変化と睡眠のとりやすさには深い関係があって、昼間から夕方にかけて一番体温が高くなるようにして、寝る前には体温が下がるようにすると、よく眠れるそうである。午後にできるだけ体を動かして、夕食後には興奮するようなことはしないことである。実際、夕食後に本を読んだりものを書いたり、また、テレビを長時間見たりすると、寝つきが悪くなったり睡眠が浅くなったりすることがある。

食事—特に玄米食について—

私は、一二年前に前立腺の手術をしたが予後が悪く、数カ月間、体の不調が続いたことがあった。このとき回復を早めるため、さまざまなことを試みたが、その一つに玄米食があった。食品と健康に関する多くの書物に玄米の効能が大きいことが書かれていたからである。

個々の食品については、健康への効果を定量的に知ることは難しい。多くの人が長い時間をかけて経験的に導かれるものであるが、ある目的のため統計的に調査研究をして、その効果の大きさを科学的に推定できるはずである。薬の開発ではこの手法がとられる。しかし私の不勉強で知らないのかもわからないが食品についてその効果について統計的な調査研究は少なく、感覚的に議論されていることが多いように思われる。

私は玄米を今も一日一回摂っているが、その効果も当然明瞭なものはなく、少しはよいかなといった程度である。玄米食にもメリット、デメリットがあるが、そのメリットの説明が気に入ってこれを続けているが、それにより食生活に安心感がもたらせる。

安心感が持てる理由として、玄米の栄養素があげられる。少し大げさな表現と思うが、白米は玄米の表面に濃縮されている多くの栄養素を削り取った残りかすのようなものである、と言われることもある。両者の成分表をみれば、白米にはほとんどないビタミンB群、ビタミンEが圧倒的に多い。また、ミネラルではマグネシウム、カルシウム、鉄、セレニウムなどがバランスよく含まれている。澱粉、タンパク質はほぼ同じであるが、脂質は三倍くらい多い。またリノール酸が多く含まれていて、血行をよくし、動脈硬化を防ぐ作用があるといわれる。このように多くの栄養素をバランスよくもっていることが特徴である。さらに食物繊維を多くもっていて、腸内での消化を円滑にして便通を良くしてくれる。

しかし、このように良いところだけでなく問題点もある。誰でも実感することと思うが、白米のように美味しくない。また消化に良くないので、含まれている栄養素のかなりの部分は吸収されないのではないか、農薬が残存していて水で研いでも洗い流せないことはないか、などとも言われている。さらに、玄米は他の穀物類の種にも含まれるフィチン酸（イノシトールの六リン酸エステル）を含んでいて、これが多くの金属と結合して錯体または金属塩となり金属類を体外に排出してしまう作用が心配されている。

中には、玄米を食べ過ぎるとミネラル不足になるという人もいる。玄米の胚芽にはミネラルが豊富に含まれているのに、どうしてミネラル不足になるのだろうか。フィチン酸の作用については これ以外にもさまざまな議論がある。

最近では、フィチン酸の作用について、その効能を認める議論が多いようである。その論拠は玄米に含まれている時は、フィチン酸としてではなく、フィチン酸に金属が結合した状態（フィチン）で胚芽に含まれていることである。したがって体内のミネラルを排出することはないとされているようだ。

他にも、玄米食の効能についてはウェブなどにまったく主観的、ないしは感覚的な断定であるが、体内に微量に存在するガドミウム、クロム、水銀など有害元素を排出させ、健康の回復に有効であると説明されていることがある。

これは私の推論であるが、もし本当にそのような効果があるなら、次のような機序によるのではないかと思う。胚芽の中の、フィチン酸マグネシウム塩が体内に取り込まれた時、その結合力（生成定数で表される）がフィチン酸―カドミウム塩の結合力より弱く、フィチン酸はマグネシウムを離してカドミウムイオンと結合する。体内のどこかの組織にあって有害であったカドミウムイオンは、フィチン酸―カドミウム錯体となって、血液中に流れ出して排出されるというものである。私が今栄養学を研究する立場にあるなら、この仮説が正しいかどうか取り組んでみたいと思う。

ちなみにフィチンは玄米に限らず、ゴマ、豆類、トウモロコシなど種子に多く含まれていて、これらの食品にも同じ効果を示すことが考えられる。

先に述べた、玄米のデメリットを全部心配していたら、玄米食は本当に良いのか悪いのか分からなくなってしまう。私は総合的に判断して次のような摂り方をしている。

炊き方は、電気釜の玄米モードで一回炊く。これだけでは芯が残っていて、いかにも消化が悪い感じがする。水を適当量加えて撹拌してから、もう一回白米モード又は玄米モードで炊く。普通の米飯と粥の中間くらいの軟らかさになり、芯もなくなり違和感なく食べることができる。毎食玄米にする必要もなさそうなので、一日一回、主として朝食のとき一膳だけ食べている。

前述の通り、玄米食の効果はどの食品についても同じように定量的には分からない。私がはっきりと効果を感じられるのは、以前は便通がイレギュラーだったが規則的になっていることである。栄養バランスがとれているものを食べているので偏食にならない、という安心感もある。残留農薬のことは心配していない。現在の微量分析技術をもってすれば、もし問題になるほどの量が残留していれば、大問題になっているはずである。

玄米についてはまだまだ研究が少ないのか、賛否両論がある。もう少し誰もが納得できる研究成果を期待している。

心と体のかかわり

ストレスが続くと、自律神経のバランスが崩れて健康に大きく影響を及ぼすことは周知のことである。私自身、一週間とか二週間とやや長い旅行に出ると食欲が増し、身体も軽く感じるようになり、肩こりもなくなってしまうことをしばしば経験している。普段は意識していないが、日常のストレスから解放されるためと考えられる。心のありようが如何に大きく体の状態に影響しているかが分かる。

また、高齢になったことが原因と思われるが、以前はそれほど気にしないで聞いたり見たりしていたことでも、最近はなんとなく気になったり違和感を覚えることが多くなった。

例えば、テレビのアナウンサーの視聴者を子ども扱いする丁寧過ぎる言葉遣い、テレビのキャスターやコメンテーターの一面的でかつ断定的な解説や主張、重責を担う役人や政治家の不作為、およびその逆のおかしな制度の導入（ゆとり教育、裁判員制度など）、近年問題になっている従軍慰安婦に関する誤報（捏造）など書き出したらキリがない。

この違和感というのは、こうあるべき、またはこうあってほしいという期待、願望が逆の結果になっているから噴き出すのである。このように不満を持ち続けているのは、精神衛生上よいことではない。年齢相応の希望や願望、このようにしたいという気持ちは適度であれば、生活の張り合いとなって好ましいことと思うが、不満を持続することはよくない。

また、自分の意見こそが正しいと思い込むとストレスになるが、相手にもそれぞれの立場があり事情もあるだろうと考えれば、気持ちは楽になる。

個人的な付き合いでも、また社会生活においても、相手の不条理に一途に立ち向かうのではなく、相手の立場も考えて、一歩引いて何かを考える機会を与えられたものと受け取るとよい。その上で自分がどのように対処すべきか、どういう姿勢で生きていくべきかのヒントを与えてもらったくらいのおおらかな気持ちが持てれば、ストレスは良い刺激ともなる。しかし頭の中ではわかっていても実際の場面に出くわすと苛立つことになり、いつも後から反省している。

あくまでもマイペースで

病院通いをして思うことであるが、病院では重篤な病気の時は、高度医療技術を駆使して治療をしてくれるが、病名がつかないような日常しばしば起こる体の変調、不具合について相談しても、納得できる説明は得られないことが多い。そういった時に自分のことを一番よく分かるのは自分であって、その対処法は自分で考えなくてはならないということである。

同じ作業を繰り返し続けていると、疲労の限界が来るが、それは私の場合、普通の人に比べて早いように思う。したがって頻繁に休憩をとるようにしている。作業に夢中になって休憩をとることを忘れてしまうと、蓄積した疲労を回復するのに長時間を要するばかりか、最初に述べたような体の損傷となって現れてしまう。

渋滞している道路でのマイペースの安全運転は、後続の車の迷惑になるから、ほどほどにしなくてはならないが、自分の体については、マイペースでの安全運転をする心掛けが大切であることを痛感している。

飲・食にまつわるあれこれ

食べ過ぎに注意！

一〇年、二〇年と長期にわたって同じクルマを使っていると、人の体とクルマに、いろいろな類似点があることに気づく。定期的にエネルギーを補給しなければならないことは言うまでもないが、両者とも部品の数が多く、年を経るごとに、なんらかの不具合が生じやすくなることである。この頃は体にいろいろ問題点が生じるので、古いクルマをなんとか使いこなしているような気分になる。

ただ、クルマの場合、部品の不具合が生じた時には、必ず人の手を加えて修理をしなければならないが、人では多くの場合、安静にしていれば自然に治ってしまう。もちろん、急性疾患など早急に対処をしなければならないこともある。さらに大きな違いは、クルマに補給されたエネルギー（ガソリン）は、直接燃焼消費されるが、人が補給したエネルギー（食物）は体内で分解されたあと、ほかの分子、組織に変換され、体内のいろいろな器官に貯蔵されてから、必要に応じてエネルギーとして使われることである。

現在の人類が出現したのは、約五〇〇万年前と考えられているが、安定した食糧の獲得手段を持っていなかったから、常に飢餓の危険にさらされていた。各種植物の実や捕獲できる動物を求めて、気候条件の良いところを小さな集団で移動しながら、生きながらえてきたと思われる。

長い間人類は、定期的に食物を得ることはできなかったので、摂取した食物を巧みな異化作用、同化作用により体内に貯蔵する機能を発達させて、現在の人類に伝えている。

人類の長い歴史の中で考えれば、つい最近に至るまで確保できる食糧の量が、人口の増減の動向を決める大きな要因であった。約一万年～五〇〇〇年前にかけて、世界各地で独自に初歩的な農耕、牧畜が始まり、食糧の確保はかなり進歩したと考えられている。わが国のこの時代の歴史区分では縄文時代であるが、その後、狩猟の道具の進歩や農耕技術を進歩させた（弥生時代）。

ある推計によれば、わが国の人口は縄文前期（約五二〇〇年前）で約一〇万人、弥生時代（一八〇〇〇年前）では六〇万人と推定されている。縄文後期あたりから米の栽培が始まり、重要な食糧となっていった。古代、中世、近代と水田の開墾によって米の生産量が増加するとともに人口も増加している。明治初期以降殖産興業政策、水産牧畜業の普及などにより、食糧調達はかなり安定化したが、現在のようにあり余るほどの食糧が手に入るようになったのは、たかだかここ四〇年ほど前からに過ぎない。

人類の祖先は、数万代にわたって祖先から飢餓に耐えて生き抜くために、一度摂取した食べ物を体内で分解、合成（異化作用、同化作用）して各種臓器、器官に貯蔵する仕組みをつくり上げたが、過剰に摂取した栄養素を、ただちに排出する仕組みはつくられていないので、許容量以上の栄養素が臓器などにたまって異常をきたすことになる。

よく聞く諺に「腹八分目に医者いらず」「空腹は最高の料理人である」がある。人の食欲は人種が変わっても共通であり、英語でも「Hunger is the best sauce」（空腹は最高の調味料である）といわれる。

近代栄養学では、人は三食バランスよく摂るのが良いとされている。しかし多くの人は偏食、食べ過ぎで生活習慣病、または、その予備軍になっている。よく聞く症状は、高脂血症、糖尿病（高血糖）、痛風（高尿酸血症）、高血圧（高塩分血症）、肥満（高体重）など、明らかに食べ過ぎが原因といえるものばかりである。

過食が体に良くないことは確かであるが、毎日「腹八分目」の状態でいるのは、実際には難しい。一口に食べ過ぎは良くないのでやめようと言っても、事はそう簡単ではない。ソバ好きに、新ソバの量を制限することは難しい。宴会で酒や料理の量を制限したら、間違いなく盛り上がらない。食べること、飲むことは楽しいことであり、それらをそそのかす情報があふれている。

スーパーやデパートの食品売り場では、食欲をそそる食材が並べられており、各種飲食店の店頭には、本物と見まがうばかりの定食などの食品サンプルが並べられている。プラスチック製と分かっていても、思わずツバが出てくることがある。

さまざまな欲望があるが、多くは一定の年齢を過ぎると減退する。生きるために最小限必要な食欲は、最も衰えが緩慢な欲望である。一〇〇歳近くになって、ベッドの上だけの生活になっても、食べることだけが一番の楽しみです、などという人が大勢いる。食事は大切な文化であり、社会をうまく動かす潤滑剤でもある。

絶食 断食の効能

過食と対極的な行為は、断食、絶食である。実際に行われることは少ないが、成人病に限らず健康保持、回復の手段として少数派に対してではあるが、根強い人気（？）がある。

数多くの断食道場があり、その効能としては減量、若返り、美容、健康回復などが謳われている。実施中の空腹のつらさを和らげるドリンク剤の服用、断食終了後には、きれいに盛り付けされた定食セットサービスなど、断食本来の意図からそれるようなサービスがついている道場も多い。この業界でもお客さん（患者さん？）集めに苦心しているようである。

主要な宗教でも、ほとんど全ての会派で古くから修行の一つとして、それぞれ決められた方法で断食が行われる。素人考えではあるが、断食は修行に欠かせない健全な体をつくるためにも役立つことが分かったうえで、熱心に取り込んでいるのではないだろうかと思っている。

卑近な例では、昼間の間は、ほとんど何も食べずに過ごして、腹を空かした時に食べる夕食のうまさは格別である。感覚が鋭くなっていることが、よく分かる。

一般的に断食、絶食の効能は、

（1）腸、肝臓、腎臓などの内臓諸器官を休ませて機能回復させる

（2）過剰な脂肪細胞を代謝、排出させる

（3）脂肪内に蓄積されている微量の毒物、老廃物を排出させる

（4）潜在的には持っているが、通常は発揮されない機能を賦活（ふかつ）（機能を活発にする）させる

などが挙げられる。

（1）〜（3）の効能は、比較的容易に理解できるが、（4）の潜在的生命力の賦活とは、具

体的にどのような機序（しくみ）で起こるのであろうか。いろいろの考え方があるが、遺伝子の覚醒によるものと考えるのが妥当のようである。

遺伝子（核酸分子上のタンパク質をつくる情報が書き込まれている部分）の働きは、生物が生き続けるため、子孫を残すため、また、環境に適合して生き抜くために、最も重要な役割を担うものである。すなわち、
（i）現在の生物体が生きてゆくため、細胞分裂を絶えず繰り返して生命の保持を管理する（生体活動の恒常性）
（ii）生物体固有の特質を次世代に伝えて、その連続性を保つ（遺伝の決定）
（iii）普段は多くの機能の発現を抑えて、眠った状態になっている遺伝子が、物理的または精神的な刺激によって目を覚まし、さまざまな身体機能や可能性を発揮させる機能を持つと考えられている。
すなわち、遺伝子は先天的に持っている（i）、（ii）の機能と環境によって発現される後天的な機能（iii）の二種類がある。
（iii）の後天的機能の立証は、十分されていないが、さまざまな実験結果や推論から筑波大学名誉教授の村上和雄先生が強く唱えている。仮説の域を出てはいないようではあるが、思い当たるところが多くある。

環境の変化によって発現する後天的な遺伝子は、無限と言っていいほど多くある。この環境には温度、圧力、訓練のような物理的なもの、食べ物、アルコールの摂取や深呼吸、さらに心の持ち方、生きる姿勢などの精神的なストレスなどさまざまである。

村上先生らは、過食が原因にもなる糖尿病に対して「笑い」という刺激がどう作用するか、大掛かりな実験を行い、大変興味ある結果を得ている（二〇〇三年）。二五人の患者に集まってもらい、実験の一日目には、昼食直後に医学部の教授による「糖尿病のメカニズム」という講義四〇分間を聞いてもらい、その前後に血糖値を測定した。

二日目には、教授の講義に替えて、吉本興業の漫才師の漫才を多くの観衆と共に四〇分間聞いて大いに笑ってもらい、やはりその前後に血糖値を測定した。

一日目の難しい講義の後の血糖値の上昇は、一二三ミリグラムで、二日目の漫才で笑った後の血糖値の上昇は七七ミリグラムと、有意の差で血糖値の上昇が抑えられていることが分かった。遺伝子は、生命活動に必要な物質を体内でつくり出す、いわば体の司令塔であるが、「笑い」が血糖値のコントロールにも関わっていて、この良い遺伝子の覚醒（スイッチをONにすると表現される）をさせたと説明されている。この実証実験の結果は、有名な論文になっているそうである。

断食（飢餓）が、通常は眠っている全ての遺伝子のスイッチをONにした有名な例は、クローン羊「ドリー」の誕生である。

ドリーはメスの乳腺細胞からつくられたが、羊の体内にあっては、この細胞は乳を出す機能だけを担っていたものである。しかし、その細胞の中の核酸には全ての情報が書き込まれているので、生殖細胞と同じ遺伝子のスイッチをONの状態にすれば、それが細胞分裂を繰り返したあかつきには、初めに細胞を採取した羊と遺伝子情報がまったく同じ羊（クローン羊）となるはずである。

この全ての遺伝子をONにするため、研究者は考えられる、ありとあらゆる刺激を与えたが、全て失敗に終わったという。諦めて細胞に栄養を与えることをやめてしまった。細胞にとって栄養を絶たれることは、ストレスの中で最も強力なものである。そして飢餓状態に陥った細胞の、眠っていた全ての遺伝子が目を覚まして働きだした結果、一つの乳腺細胞が一頭の羊という個体にまで成長してしまったと考えられている。

ドリー誕生の話は、細胞にとっても、生体にとっても飢餓が、いかにそれらの活性化に強く関係しているものであるかを示している。

栄養のバランスを考慮して、毎日三食をしっかり摂るのが良い、という近代栄養学の観点からみれば、断食などはとんでもないこととなる。しかし、断食を遺伝子の覚醒と関係づけて考えれば、体の機能向上、改善に大きな効果を発揮する可能性を持っていると思われる。

ただ、断食に対する基本的な知識もなく、やみくもに実施することは危険であることも事実である。最近では体にいろいろな不具合が生じるので、一度挑戦してみようか、と思いながら実践できないでいる。

今日も元気だ、お酒がうまい！

食べ物の種類については好き嫌い、アレルギーの問題を除けば食べることのできる量は、人によって大きな差はない。しかし、アルコールの量については、飲める人、飲めない人は、はっきり分かれている。欧米人、黒人に比べて、日本人には酒が飲めない体質の人が多いようである。国内の地域では、北海道、東北、南九州では酒に強い人の割合は多く（六四％）、その他の地域では、これに比べれば少ない（五三％）ようだ。

酒を飲んで体内に吸収されると、アルコールは肝臓で次のような経路で分解される。

アルコール（CH_3CH_2OH）→アセトアルデヒド（CH_3CHO）→酢酸（CH_3CO_2H）→水（H_2O）、二酸化炭素（CO_2）

アセトアルデヒドは毒性が強く頭痛、吐き気、胸のむかつき、体の震えなど人によってさまざまな症状が現れる。このアセトアルデヒドを素早く分解する酵素を持っている人は酒に強い体質で、わずかしか持っていない人は酒に弱い体質、まったく持っていない人はいわゆる「下戸」となる。

酒に強いか、弱いかは遺伝的に決まっていて、酒を飲む訓練をしても、ほんのわずかしか強くならないようである。親が酒に強い体質であっても、子どもは必ずしも強くはなく、その逆のこともある。確率的にはある傾向があるだろうが、詳しいことは知らない。

私が初めて酒の味を知ったのは、まだ小学生の時であった。父は下戸ではないが、かなり酒に弱い体質であったから、普段家の中に酒の類はなかった。

ある年の正月に、お神酒を供えるため一升瓶の清酒が買い込まれた。当時はこの単位でのみ売られていた。大晦日の夜、神棚にお神酒を供え、父は盃に一、二杯飲んで酔いが回ってきたようであった。正月だから、お前も酒を口にしてみろ、と言って盃に少々注いでくれた。それを口にした時、苦い！　と感じたが、その後、なんとも言えない不思議な味わいが残って興味を覚えた。

一升瓶の酒は、ほんの少し使われただけで、戸棚の奥に格納された。私は大晦日の夜に口にした酒の不思議な味のことが忘れられずにいたが、家の者が誰もいなくなった時、戸棚の奥から一升瓶を取り出して、盃に半分くらい注いで飲んでみた。やはり苦いが、その味わいは悪くなかった。その後も家に誰もいない時、うしろめたい気持ちを持ちながらも、盃半分くらいの盗み飲みを繰り返していた。

数カ月後、祖母が戸棚の奥から一升瓶を取り出した時、中身が明らかに減っていることに気がついた。祖母は驚いて「お酒はしっかりと栓をしておいても蒸発してしまうんだね。お醤油はそんなことはないんだが……」と言った。私はお酒って蒸発しやすいんだね、と話を合わせたが、内心は穏やかではなかった。これ以上中身が減っていくと、何かおかしいということになって、本格的な原因追及が始まらないとも限らないので、それ以後、チョコチョコと隠れて失敬することはやめた。

私は六〇歳で会社を定年退職した。その後初めて家内の実家に行った時、義姉たち二人と姪が集まって還暦、兼、会社ご奉公卒業祝いをしてくれた。義姉たちは、私が和歌山に住んでいた時には和歌山まで来て、また宇都宮に移ってからも宇都宮に来て、名所旧跡などを観光したことがあった。東京を飛び越して箱根まで行ったこともあった。姪も当時は中学生であったが、ある年の夏休みに和歌山に遊びに来て、数週間過ごしたことがあった。

みんな若かったので、日帰りの時も、泊まりがけで出掛けた時も目いっぱい遊んだ。その時の思い出話などを肴に花が咲き、代わる代わる酒を注いでもらって飲んでいると、時間はアッという間に過ぎた。助けた亀に連れられて龍宮城にやってきて、乙姫様にご馳走になった浦島太郎も、このような心地であったろうか。

ただし私の場合、お相手はそれぞれに年を召した人たちだけであり、タイやヒラメは刺身となって出てきた。

九時もだいぶ回った頃であろうか、義兄が帰宅した。「今日はタカシさんが来ているのは、分かっていたのだが、どうしても出なければならない集まりがあったので、遅くなってすまなかった」と言って、遅ればせながら、お祝いに一杯やろう、と台所に向かって「お酒！」と催促した。

すると義姉が、さっき一升瓶を開けたのだが、もうなくなってしまったよ、と言って空になった瓶をもってきた。アレッといって、みんな顔を見合わせた。ビールで乾杯したあとは、清酒を飲んでいたのは私だけであるから、誰がどう考えても、私が全部飲んだのだということになった。

みんなビックリしたようだが、私自身も驚いた。今まで酒はそれほど多くは飲みませんと言っていた人間が、一升瓶を空にして、かなりロレツが回らなくなったとはいえ、酔っ払って大声を上げて騒ぐでもなく、また、酔いつぶれることもなく、普通にしゃべっているのが不思議であると言われた。

これはどう理解すべきであろうか。やはり特別な環境に刺激を受けて、普段とは違う、なんらかの力が発現したとしか考えられない。男が女性に囲まれて下にも置かないモテナシを受けた時、取るべき行動を決める遺伝子のスイッチがONになったのであろう。そうでなかったら、あのような火事場のバカ力のような普段と違う能力が出るはずがない。

村上和雄先生の眠っている遺伝子のスイッチのON/OFFが、大きな潜在能力を発揮するか、されないかを決めるという仮説の正しいことの証しになるような出来事であった。

私は酒類について好むもの、好まないものの区別なく、その場の状況に応じて何でも飲む。体調が悪い時は、総じてアルコール類はうまくないが、特に敏感なのは清酒である。ウイスキー、ワイン、ブランデーなどは、少々体調が悪い時でも、そのうまさを味わうことができるが、通常の清酒は、著しく体調に敏感である。体調が悪い時には、清酒はまったくまずくて、口にすることはできないが、回復してくるに従って、そのうまさを感じるようになる。その理由は、清酒にはアミノ酸ほか多種類の微量成分が含まれているからだろうと思っているが、真偽のほどは分からない。

私の場合、病気の回復期には清酒を口に含んでみて、どう感じるかによって回復の度合いを知ることができる。清酒のうまさ加減が、健康のバロメーターである。かつて日本専売公社（現JT）では「今日も元気だ、タバコがうまい！」というキャッチコピーを使っていたが、私の場合、この「タバコ」を「清酒」に替えれば、そのまま当てはまる。

すなわち「今日も元気だ、お酒がうまい！」である。このような日が、できるだけ多くあるよう念じている。

腹九分目に医者いらず

定期健診で得心したこと

市役所から毎年四月に送られてくる「がん検診兼健康診査」の無料受診券を利用して、八月頃に宇都宮記念病院で毎年検査を受けている。

前年の検査結果を参照できることが利点であるので、この病院で受けることにしてから、もう一〇年くらいになる。数年おきくらいに不整脈、肺に影がある、胃の精検が必要など、さまざまな疑いを受けているが、幸い今のところ、再検査の結果は「様子を見ることでよいでしょう」ということで大事には至っていない。

ある年の九月、検診の結果を聞きに行ったが、説明の担当医が多数の内臓の断層撮影の結果や、血液検査の数値を説明してくれたあと、不審そうな顔つきをしているので、何か問題があるのかを尋ねた。

すると、普通この年齢になれば、いくつかの問題があるのだが、今回は何もないですね、と言われた。私は思わず、検査項目の中に頭と耳についてはなかったが、これらを調べれば、かなり問題であるとの結果が出ていると思いますが、と言った。

この頃は物忘れがひどく、食卓に座った時に塩がないことに気づき、これを取りに台所に行くまでの間に、何を取りにきたかを忘れてしまうのである。仕方なく食卓に座り直して、何がないのかを確かめては思い出し、再度取りに行くようなことがしばしばある。

テレビを見ている時には、聞き取りにくいので、音量を上げて見ていると、愚妻が飛んできて、こんなに大きな音量で見ていると隣の家に聞こえてしまう、と言って音量を下げるので、会話などはほとんど聞き取れなくなってしまう。健忘症と難聴のことを担当医に説明したが、まあ年齢相応のことでしょうと言って、まともに聞いてもらえなかった。

血液検査の数値から推定できるのであろうか、担当医は、野菜類を多く摂っているようであるが、ぜひこれを続けるように、とアドバイスされた。これとは別であるが、前述のように私は長い間、朝食に玄米を一膳食べている。名医と言われる何人かの医師が、食と健康についての多くの書籍で、五穀米や玄米が大変に健康に良いと書かれているのを見て納得できるので、それに従っている。これが本当に健康に寄与しているかどうかは、調べようがないから分からない。

しかし、検診の結果に何の問題もなかったことは、今の食生活でよいことになるので安心した。これまで長年にわたって夕食時には、適当な酒の肴をつまみながらビール一缶と清酒一合強を飲んでから、夕食を摂っていたから、毎日ほぼ満腹状態で夕食を終えていた。ビール一缶のアルコール量は、清酒一合のアルコール量より、かなり少ないから清酒換算では、二合未満である。俗に、酒と女は「二ゴウ」までと言われているから、これで大丈夫である。掛かりつけ医からは、休肝日を週に一、二回設けるように言われていたが聞き流していた。

翌年に入ってから血液検査で尿酸値が高めになり、医師からはビールやプリン体の多い食べ物はなるべく控えるように注意された。それでも徹底した注意を怠っていたが、その年の五月、ベッドで横になっている時に、左足の親指と人差し指の間にズキンというやや強い痛みが現れた。しかし、これは数秒で消えてしまうので、気に留めることはなかった。

その後、数日おきに椅子に座っていた時も、歩いている時にも同じような痛みが出てきたので、何かはっきりした原因があることは分かった。血液検査をしてもらったところ、尿酸値は限界値を超えていた。軽いながら痛風であった。

掛かりつけ医からは、血液中の高尿酸の状態が続くと痛風のみならず、それよりも厄介な腎不全や尿路結石などの合併症が起こると説明された。真面目に飲食の制限を考えざるを得なくなった。長い間続けていたアルコール類の摂り方を変えることにした。夕食前のビールは原則禁止とし、清酒は数日置きに一回として量も少なめとすることにした。ただ、運動をして汗をかいた日などは、例外としてビールも清酒も飲んでいる。

夕食前のアルコール類をやめて、従来通りの夕食を摂ると、満腹感がなく少し物足りない。しかし、カロリーとか栄養面では不足していないから、それで我慢することにしている。

アルコール類の制限により、足の指の痛みは生じることがなくなり、尿酸値も低下して基準値内に収まっている。一応、今のところ一件落着といったところである。

「腹八分目に医者いらず」という諺があるが、われわれのような凡人が毎日、腹八分目、で済ますことは難しい。毎日夕食に満腹になるまで食べるのはよくないが、満腹よりやや少ない「腹九分目」でも満腹に比べれば、はるかに健康によいと思っている。

おわりに

本文でも若干触れたが、企業の研究開発部門と、短期間ではあったが大学での勤務を終えたあと、あるきっかけでＮＰＯの教科書改善活動に関わった。定年後はいろいろやってみたいことがあったが、それらは後回しにして、この活動に多くの時間を費やした。

このＮＰＯの団体は、文字通り老若男女の集まりで、職業は多種多様、高齢者のキャリアも一人として同じ者はいなかった。ただ、共通していたのは、購読している新聞は産経か読売、月刊誌を買うときは「文藝春秋」ではなく「正論」か「ＢＩＬＬ」であった。このような人たちの会合では、何を話題にしているかは想像に難くないだろう。

教科書改善活動に関わったのは、日常見聞きすることのなかで、現在のさまざまな矛盾点の理由を知りたかったからである。例えば従軍慰安婦や靖国問題で、外圧に屈してわが国が唯々諾々としてはっきりものが言えないのはどうしてなのか、これらの問題をマスコミが大々的に取り上げて騒ぎを大きくするのはなぜなのか、などである。また、教科書採択という純粋な教育領域が、イデオロギー論争を含む、政治問題化するのには裏の事情があるのだろうと、直感的に興味を持ったからである。

この活動では、学校教育に直接携わる教育委員会（特に教育長、教育委員会事務局）、これに影響力をもつ各自治体の議会議員、首長の方々に直接お話しする機会が多くあった。

全てではないが大勢（たいせい）としては、教科書の内容を話せば理解してもらえるが、それが実際に適切な教科書を採択するという行動には現れてこないということが納得できなかった。本気で動いてくださる議員や首長がおられても、いつのまにか大勢の中でその発言や行動は埋没してしまうのである。多くの場合、本音と建前をうまく使い分けられるのである。大多数の方々が自分の意志で動くのではなく、世間の評判に合わせ行動しているのである。世間の評判とはすなわちマスコミがどう反応し、どう報道するかということである。

議員、首長の方々の任期は四年である。選挙に当選しても、多くの方々はその直後から次の選挙で当選するためにどのような発言、行動をするかを考えなければならない。教育委員会事務局の職員は、与えられた今の任務を無難にこなし、間違っても面倒な問題を起こしたり、厄介な問題にかかわって職場に迷惑をかけて、職場の配置換えや左遷をされることは避けたいと考える。明らかな問題点や矛盾点がない限り従来通りでよいのである。

職業柄これは仕方がない面がある。それぞれ皆が家族を抱えていて生活が懸かっているのであるから、今の任務を無難にこなしておこうという気持ちが働いて事なかれになるのである。触らぬ神に祟りなし、である。われわれのような立場の一市民が言うことを一つ一つ聞いていられないのである。教科書改善活動では、採択に直接関わる関係者の方々には理解されても、実際に採択するという結果に現れず、残念な思いを何回もさせられた。

この活動を始めてからほぼ二〇年になり、いまは直接的に活動に参加していないが、若い世代の同志が、過去の経験を踏まえて新たな取り組みを行っているので、応援団の一人としてその進展を願っている。

本書では、限られた経験であったが、その間に感じた社会のおかしなこと、裏で動いているのは何なのかという疑問を考えながら書いたものも多い。

最近では韓国や中国のわが国に対する不条理な要求や行動を、マスコミが反論する形で大きく取り上げられるようになっているが、これらのほとんどは数十年前にわが国が焚きつけて騒ぎを大きくしたものではないか。いったい、何のために大騒ぎをしているのかさまざまな観点から落ち着いて考えてみたいものである。

二〇年程前に、同じ釜の飯を食った高齢者の仲間が集まって、親睦を目的とした小さな団体をつくった。主な活動はゴルフ、卓球などのスポーツ、山歩き、バス旅行など、屋外に出ての健康維持、増進のためのものであったが、何か後に残ることもできないだろうかという意見もあった。

そこで手作りの随想・雑感・紀行文などを載せた会報を年一回発行することにした。私は発案者の一人として、これは長く続けて定着させたいという半ば義務感があってこれに寄稿してきた。日常の出来事や普段の生活のなかで感じ取ったこと、学校教育関係のことまで何でも対象にしている。

今回それらの中から比較的新しいものを選んでまとめることができた。

文集の発行部数はそれほど多くはないものの、一冊の本を手づくりすることは手数がかかることである。原稿集め、編集、印刷、製本などボランティアで引き受けてもらった歴代編集委員の方々にこころから感謝いたします。

令和二年七月

竹内　節

著者プロフィール

竹内 節（たけうち たかし）

1937年　長野県生まれ
1960年　東北大学理学部卒業
1965年　同大学大学院理学研究科博士課程修了（学位取得）
花王（株）研究開発部門勤務後、宇都宮大学客員教授
定年退職後、ＮＰＯで教科書改善活動に参加
著書に『吸着の化学』（産業図書）、『界面活性剤』（米田出版）がある

侏儒のつぶやき —戦後レジームの中で—

2020年８月15日　初版第１刷発行

著　者　竹内 節
発行者　瓜谷 綱延
発行所　株式会社文芸社
〒160-0022 東京都新宿区新宿１－10－１
電話 03-5369-3060（代表）
03-5369-2299（販売）

印刷所　株式会社フクイン

ISBN978-4-286-21784-0